Das Buch

Wer früher stirbt, ist länger tot. Aber ist das Ende dadurch besser? Kommt es vielleicht auf die Ursache an? Lassen Sie sich überraschen: von Opfern wie Tätern und von den Methoden, derer sich beide bedienen. Denn manchmal ist alles anders, als es scheint.

Die Autorin

Sylke Tannhäuser
schreibt Kriminalromane sowie
Kurzgeschichten und Regionalliteratur und
arbeitet als Schreibcoach
www.sylke-tannhäuser.com

Sylke Tannhäuser

Fischers Fritz und Salmonellen

Kriminelle Kurzgeschichten und
Mini-Krimis

Impressum
2. Ungekürzte Taschenbuchausgabe
Copyright@2023 S. Tannhäuser
Bilder by pixabay
Herstellung und Verlag: BoD - Books on
Demand, Norderstedt
ISBN 978-3-756-25699-0

Inhaltsverzeichnis

Fischers Fritz und Salmonellen

»Passen Sie gefälligst besser auf, Sie Dilettant!« Marlene Mansfelder starrte Fritz Fischer an. Der Mann war aber auch zu gar nichts zu gebrauchen. Statt die neuen Grundstücksverträge zu kopieren, hatte er es geschafft, seinen Kaffee darüber auszukippen. Und jetzt stand er da und kriegte die Zähne nicht auseinander, dieser doofe Nichtsnutz. Das musste psychosomatisch sein bei dem. Es verging kein Tag, an dem sie ihn nicht bei sich antanzen ließ. Wegen seiner Fehler, sonst wuchsen die sich am Ende noch aus. Sie hatte nun wirklich genug Geduld mit diesem farblosen Wicht gehabt. Es gab Grenzen. Hier war sie die Chefin, und das nicht umsonst. Viele Jahre hatte sie darauf hingearbeitet, hatte rund um die Uhr geschuftet und ihre Freizeit für Fortbildungen genutzt. Dadurch war das Immobilien- und Anwaltsbüro für sie zum Lebensinhalt geworden. Es war ihr Baby, und das ließ sie sich nicht kaputtmachen. Es wurde Zeit, diesem Mann gehörig die Meinung zu geigen.

»Ständig machen Sie etwas falsch, ich weiß wirklich nicht, was ich mit Ihnen anstellen soll. Sie sind eine Schande für die ganze Kanzlei«, sagte sie.

Fischer regte sich nicht. Schon wollte sie ihn ans Atmen erinnern, da begann sein Blick zu flackern. »Das mit dem Kaffee tut mir wirklich leid.«

»Ach ja?« Marlene verschränkte die Arme und musterte ihn. Unter ihren Mitarbeitern gab es Schafe, und es gab Wölfe. Der da war ein Fisch. »Wissen

Sie was, Fischer? Sie sollten sich mal ausgiebig ausruhen, und ich werde dafür sorgen, dass Sie jede Menge Zeit dazu haben. Sieben Tage die Woche rund um die Uhr.« Sie machte eine kleine Pause und wartete, dass er etwas erwiderte, doch Fischer guckte nur. Klar, wie ein Fisch. »Sie sind gefeuert, Fischer.«

In Marlenes Bauch grummelte es. Zu Mittag hatte sie heiße Würstchen mit Kartoffelsalat gegessen, selbstgemacht von Fritz Fischer und eigentlich hatte sie ihn dafür mal loben wollen. Doch dann war diese Sache mit dem Kaffee passiert.

»Hat Ihnen der Salat geschmeckt?«, fragte Fischer.

Wollte der sie verarschen? Gerade hatte sie ihn vernichtet, da fing er mit diesem Salat an, der wie ein Stein in ihrem Magen lag und sie pausenlos aufstoßen ließ. Sie suchte in seinem

Gesicht nach einer Regung. Vergebens. Wie sie es sich gedacht hatte: ein Fisch eben.

»Wenn Sie mich entlassen, hätte ich jedenfalls Zeit, um mit der Presse zu reden. Bestimmt interessieren sich die Journalisten dafür, wen man womit schmieren muss, um billig an ein paar Grundstücke in 1A-Lagen zu kommen. Grundstücke, die Sie dann weiterverkaufen, natürlich viel zu teuer«, sagte Fischer langsam.

Er hatte leise geredet, geflüstert fast, und Marlene glaubte schon, dass sie sich verhört hatte, aber ein Blick in die starren Augen des Mannes belehrte sie eines Besseren.

Ein Schauer lief über ihren Rücken. Sie wischte sich die Schweißperlen von der Stirn. Sonderbar, dass sie schwitzte und gleichzeitig eine Gänsehaut hatte. »Sie, Herr Fischer, ein Erpresser?« Am liebsten hätte Marlene laut aufgelacht, aber die Sache war viel zu ernst und daher beherrschte sie sich und schüttelte den Kopf. »Das hätte ich Ihnen wirklich nicht zugetraut.«

»Ich versuche nur, das zu machen, was für mich am besten ist. Das dürften gerade Sie gut verstehen, aber wenn Sie mitspielen, wird alles gut.«

Gut? Fragt sich nur, für wen, dachte Marlene und sagte: »Vielleicht sollten wir nochmals darüber reden.«

Fischer nickte. »Bei einem Essen und einem Glas Wein heute Abend? Bei mir zu Hause?«

Das fehlte noch, dass sie sich von diesem Fisch einladen ließ. Am Ende wollte der sie vergiften. Zuzutrauen wäre es ihm, so komisch, wie der auf einmal guckte. Marlene schüttelte den Kopf. »Ich schlage vor, wir treffen uns zu einem Spaziergang am Cospudener See. Dort ist es abends sehr ruhig, und niemand wird uns stören.«

Als sie ihren Mercedes gegen acht nach Markkleeberg steuerte, lag eine Stunde Yoga hinter ihr. Sie hatte sich mental mit einer besonderen Übung auf ihren Plan vorbereiten wollen: Matsyasana, zu Deutsch Fisch. Das passte, wie sie fand, doch es war ihr nicht gelungen, sich zu konzentrieren. Immer wieder drängte sich der salzige Geschmack des Kartoffelsalates auf ihre Zunge, und Übelkeit überrollte sie.

Sie musste die Sache bald hinter sich bringen. Die versteckte Stelle, die sie im vorigen Jahr entdeckt hatte, war genau richtig für einen unvermittelten Stoß. Es würde schnell gehen, einfach und sauber, und damit wäre das Problem Fritz Fischer samt des saublöden Erpressungsversuches gelöst.

Fischer wartete schon am Rand des Parkplatzes, direkt vor dem Segelklub. Heiße Wut stieg in ihr empor. Wie es schien, freute sich dieser Fisch auf ihr

Treffen. Während sie parkte, grinste er sie an. Er grinste auch noch, als sie zu ihm hinüberging. Marlene straffte sich. Das Grinsen würde ihm bald vergehen.

»Folgen Sie mir, bitte.« Schnell lief sie voraus. Vom See drängte feuchtkühle Luft ans Land. Weit und breit war kein Mensch zu sehen, nur das Kreischen der gierigen Möwen hinter den dunkel verhüllten Nebelbänken war zu hören. Sie legte einen Schritt zu.

»Einen Spaziergang habe ich mir anders vorgestellt«, maulte Fischer in ihrem Rücken.

Marlene ersparte sich eine Antwort und lief schneller.

Fischer schloss zu ihr auf und packte ihren Arm. »Lassen Sie uns woanders hingehen. Mir gefällt es hier nicht.« Er schaute über das Wasser.

Marlene streifte seine Hand ab. Sie waren ohnehin am Ziel. Der Abhang reichte mehr als zwanzig Meter hinab bis an den abgebrochenen Uferrand, an den dunkle Wellen brandeten.

»Reden wir jetzt endlich über meine Zukunft?«, fragte Fischer, zerrte ein Taschentuch aus der Hose und wischte sich über die Stirn.

»Schauen Sie!« Marlene zeigte in die Tiefe.

Fischer drehte sich, ein wenig nur, doch ausreichend für ihre Zwecke. Ihr harter Schlag traf ihn an der Schulter. Er hangelte nach Halt und bekam ihren Arm zu fassen. Gemeinsam stürzten sie ab und tauchten mit einem Platschen in den See.

Marlene hämmerte Fischer die Faust auf die Nase. Verdammt, dieser Fisch sollte endlich krepieren. Der allerdings entwickelte zähe Kräfte und krallte sich an ihr fest. Trotzdem gelang es ihr, den Kopf ins Freie zu bekommen, gerade so weit, dass sie ein bisschen frische Luft einatmen konnte, doch gleich darauf hatte Fischer sie wieder unter die Wasseroberfläche gezerrt. In ihrem Magen zwickte es, sie krümmte sich unter dem Krampf. Der Brechreiz zwang sie, die Lippen öffnen, und augenblicklich schluckte sie Wasser. Sie hustete und röchelte, versuchte, sich von Fischer zu lösen, doch der hing wie ein Sandsack an ihr und zog sie mit sich in die Tiefe.

Zwei Tage später wurden die Leichen eng umschlungen an Land getrieben. Die Kollegen spekulierten und hegten die unterschiedlichsten Vermutungen, aber letzten Endes waren sie sich einig. Liebe? Am Arbeitsplatz? Dafür gab es keine Chance. Marlene als Chefin hätte nie ihren Job aufgegeben. Und Fischer? Der junge Mann war gerade im Begriff gewesen, Karriere zu machen. Warum sonst hatte er immerzu bei Marlene gehockt? Kein Wunder, dass sie sich dabei nähergekommen waren. Einem

Mann sah man es nach, wenn er sich im Alter eine viel jüngere Frau nahm. Aber andersherum?

Marlene Mansfelder war fast sechzig gewesen. Sie hätte die Mutter von Fritz Fischer sein können, wenn nicht sogar seine Oma. Eine solche Liebe konnte nie und nimmer glücklich enden, das musste auch den beiden bewusst gewesen sein. Gewiss hatten sie deshalb den gemeinsamen Tod gewählt, denn so waren sie für immer vereint.

Gartenfreunde unter sich

Ich stand an dem Brunnen, an dessen Geländer die Zinkgießkannen hingen, und ließ den Blick über den Friedhof schweifen. Links war die Kapelle mit dem schiefen Glockenturm, daneben der Verkaufsstand für Kränze, Blumen und Pflanzen. Rechts von mir zogen sich Grabstellen wie die Perlen einer Kette dahin, jede ungefähr einen Meter breit. Die größeren Gräber befanden sich an der Mauer ganz hinten, das waren richtige Geschosse mit Tafeln und Steinfiguren und solchem Kram. Doch

19

nicht dort, sondern in einer der neuen Gemeinschaftsstellen hat Zappa seine letzte Ruhe gefunden.

Karl-Heinz Zappa war sowas wie der Kopf unserer Bande gewesen. Weil er klug war. Als einziger von uns hatte er nämlich Abitur. Große Pläne machen, das konnte er, vor allem in Bezug auf illegale Bankbesuche. Ein Spezialist für Vermögensverschiebung sei er, hatte er mal gesagt. Damit hatte er Eindruck geschunden, vor allem bei Gurke.

Gurke, der eigentlich Peter Müller hieß, war krumm gewachsen. Wie eine Chiquita-Banane. Und er war nicht besonders hell in der Birne, dafür hatte er flinke Hände. Genau wie ich.

Als ich zehn oder elf war, wollte ich Zauberer werden. Die Fähigkeit, ganz nach Belieben Gegenstände verschwinden und wieder erscheinen zu lassen, gehörte für mich zu den größten Wundern der Welt. Es war also nur folgerichtig, dass ich mich in jeder freien Minute in diesen Künsten übte und es dabei zu Fertigkeiten brachte, die selbst meine Eltern staunen ließen.

Später dann, als ich auf Wunsch meines Alten das Bäckerhandwerk erlernen musste, stellte ich schnell fest, dass Brötchenbacken bei weitem nicht so lukrativ war wie das Verschwindenlassen von Sachen, und so begann meine Karriere als Dieb.

Gurke und ich, wir waren diejenigen, die Zappas Pläne ausgeführt haben, und eigentlich hatte das immer funktioniert, nur bei unserem letzten Coup nicht.

Weil Zappa unbedingt diesen Rinne dabeihaben wollte, Alex H. Rinnstein. Das H stand für Hannibal. Ein einziges Mal haben wir ihm vertraut, wobei ich eher Mitleid mit ihm hatte. Für mich war von Anfang an klar, dass Rinne der Herausforderung niemals gewachsen war, und genauso war es dann auch gekommen. Weggelaufen war er, als bei dem Bruch im Juweliergeschäft die Alarmanlage losgescheppert hatte. Wie ein Hase war er gerannt, die Beute in der Tasche. Hat ihm nichts geholfen, die Bullen haben ihn fix kassiert und in den Knast geschickt. Nur die Klunkern und die viele Kohle, die haben sie nicht gefunden.

Vier Jahre hat Rinne abgesessen, und jeder andere wäre als ein echter Kerl wiedergekommen. Aber der nicht, der kehrte verdreht zurück. Der dachte nur noch an ein Leben nach dem Tod.

Was hat der ständig rumgefaselt! Mit Vorliebe über das Paradies und so. Sein eigenes Eden wollte er sich schaffen, da kam der Schrebergarten am Stadtrand gerade recht.

Jeder hat sich gewundert, dass ein so junger Spund wie Rinne Gartenarbeit liebte, ich jedoch habe gleich gewusst, dass er nur die Beute dort verbuddeln wollte. Zuerst habe ich mich an Gurke rangemacht und ihm eingeredet, dass er Rinne beim Umgraben helfen müsse. Im Grunde wollte ich lediglich, dass er aufpasste, wo das schöne Geld landete, aber das hat Gurke nicht auf die Reihe gekriegt. Genauso wenig hat er kapiert, dass Rinne irgendwann Verdacht geschöpft haben musste. Wer weiß, worüber die beiden bei der ganzen Maloche geredet haben, vielleicht hatte sich Gurke verquatscht. Eines Tages jedenfalls war das Ödland beseitigt gewesen, dafür hatte es an allen Ecken gegrünt und geblüht, vor allem unter dem Holunderbusch. Ich vermutete, dass Gurke daran beteiligt war, als organisches Düngemittel. Soll ja gut für Pflanzen sein. Jedenfalls, seit es den Busch gab, war Gurke verschwunden.

Klar habe ich Rinne befragt, aber der hat mich nur schief angegrinst und eine

Grimasse geschnitten. Deshalb bin ich zu Zappa gestiefelt, und der hat sofort geschnallt, was ich wollte. Wie gesagt, Abitur.

Zappa hat Rinne davon überzeugt, dass sein Garten umgestaltet werden müsse. Die beiden haben das gesamte Grünzeug auf akkurat angelegte Beete beschränkt, doch das Geld war und blieb verschwunden. Gurke auch.

Dafür bekam Zappa von den ganzen Anstrengungen einen Infarkt. Wegen seinem schwachen Herzen, wie Rinne behauptet hat. Das war, als ich ihm später helfen sollte, den schiefen Pflaumenbaum zu fällen, und obwohl bei mir sofort alle Alarmglocken geschrillt haben, bin ich darauf eingegangen.

Der Baum ist dann auf Rinne gekippt und hat ihn unter sich begraben. Na ja, ich konnte ihm nicht mehr helfen. In der letzten Sekunde seines Lebens hat er etwas vor sich hingemurmelt, aber ich habe ihn nicht verstanden. Weil mir in diesem Moment das Beil aus den Händen gerutscht ist. Eine Schneide im Hals ist eben nicht gesund.

Jetzt liegt Rinne keine zwanzig Meter von Zappa entfernt. Ich habe Blumen rund um ihre Grabstellen gepflanzt, die Chrysanthemen aus Rinnes Garten, die ich schon ausgegraben habe. Nach und nach wird ihnen auch der Rest folgen. Ich werde so lange buddeln, bis ich die Beute aus unserem Einbruch gefunden habe. Danach lege ich auf der Parzelle einen neuen Garten an, japanisch, ganz minimalistisch und gut für die Seele.

Brasilianische Liebe

Das Klingeln des Telefons katapultierte Falk in den Tag, ausgerechnet in dem Moment, in dem er den wohlgeformten Körper einer ganz außergewöhnlichen Schönheit erkundete. Weiche Haut und gefällige Rundungen. Und diese Beine! Mannomann, Beine waren das! Acht Stück, dick und behaart.

Es dauerte geraume Zeit, ehe Falk aus dem Traum in die Wirklichkeit fand. Er tastete nach dem Hörer: »Ja?«

»Hallo, mein Junge, ich bin gleich da.«

»WAS?«

Tante Irmtraud, von seinem Onkel Klaus liebevoll Irmchen genannt, hatte jedoch bereits aufgelegt. Verdammt, es musste etwas geschehen sein, etwas ganz Furchtbares, ganz sicher. Sonst wäre Irmchen doch nicht extra aus der Oberlausitz nach Leipzig gekommen. Eine Minute lang war Falk wie erstarrt, dann sprang er mit einem Satz aus dem Bett. Er stürzte ins Bad, um schnell zu duschen. Als es klingelte und er die Tür öffnete, war er noch nass.

Irmchen drängte sich an ihm vorbei und marschierte durch den Flur in die Stube. »Meine Güte, hier stinkt es wie im Affenstall.«

»Irmchen, was ist passiert?«

»Nichts.«

»Wie – nichts.«

»Na nichts eben. Was soll die Frage überhaupt?«

»Warum bist du hier, Irmchen?«

»Seit wann darf eine Tante nicht zu ihrem Neffen kommen?«

»Du hättest davor anrufen können.«

»Das habe ich doch.«

»Aber da warst du bereits da!«

»Na und?« Sie wendete den Blick von der Eckcouch mit den zerwühlten Kissen ab und musterte ihn. »Hast du etwa ein Problem mit meinem Besuch? Du warst bei uns immer willkommen.«

Das saß. Falk schluckte seinen Groll hinunter.

Irmchen trat an das Fenster, zog die Übergardine zurück und riss es auf. Die hereindrängende abgasgeschwängerte Luft ließ sie die Nase rümpfen. »Meine Güte, du könntest so schön wohnen! Dein Onkel und ich, wir würden dich liebend gern bei uns haben.«

Die alte Leier, immer wieder versuchte sie aufs Neue, ihn in ihr Dorf zu locken. Natürlich bot ihr Haus mehr als genug Platz. Selbst mit fünf Kindern könnte er dort leben, zum Glück hatte er keine. Er hatte noch nicht einmal etwas, das man eine feste Beziehung nennen würde, also gab es auch keinen Grund, zu Tante und Onkel ans Ende der Welt zu ziehen. Für Irmchen war das schwer zu verstehen, sie kam damit einfach nicht klar. Noch weniger begriff sie, dass er keine Freundin hatte. Er, der nette und gutaussehende Mann, athletisch und intelligent. Einer, der für starke und gesunde Nachkommen garantieren konnte, so Irmas Worte.

Falk aber liebte seine Freiheit, die im Wesentlichen daraus bestand, mit den Jungs in Bierkneipen herumzuhängen. Und er liebte sein Hobby: Spinnentiere.

Irmchens Blick fiel auf den Glaskäfig, in dem seine Lieblingsspinne intensiv eine Fliege fixierte, die an der Scheibe klebte. Mit ihren dreizehn Zentimetern war sie sein größtes Exemplar. »Lieber Himmel«, sagte Irmchen. »Was für ein

ekelhaftes Vieh! Richtig widerwärtig!«
Sie verzog den Mund.

»Else ist eine Phoneutria nigriventer, und sie ist ein sehr kluges Tier.«

»Ich hasse das Biest. Du könntest den Kasten wenigstens mal auswaschen.«

»Es heißt Terrarium.«

Irmchen winkte ab. »Zieh dir etwas über, ich decke in der Zwischenzeit den Frühstückstisch.«

»Jetzt schon? Ich finde, so früh am Morgen …«

»Papperlapapp, es ist um neun.«

Falk seufzte. Alles, was am Morgen nach acht Uhr kam, war für Irmchen spät. Kurz darauf machte sich der Duft nach frischem Kaffee und Rührei breit. Augenblicklich fühlte er sich in seine Kindheit zurückversetzt, in der er die Ferien oft bei Onkel und Tante in den Bergen verbracht hatte. Er ging in die Küche, setzte sich an den Tisch und begann zu essen.

»Schmeckt es dir?«, fragte Irmchen.

»Hm.« Falk häufte sich Rührei auf den Teller. Dann schnitt er ein Brötchen auf und bestrich es dick mit Butter.

Irmchen schob die Schüssel mit dem Ei aus seiner Reichweite. »Mehr solltest du wirklich nicht essen.«

»Warum?«

»Dein Magen war schon immer sehr empfindlich, und du hast doch nur den einen.«

»Else mag am liebsten Schaben oder Heuschrecken.«

Irmchen rang nach Fassung, doch sie fing sich erstaunlich schnell. »Doktor Brenner meint, zu opulente Mahlzeiten belasten den Kreislauf.«

»Du und dein Doktor!«

Falk kannte Brenners Meinungen zur Genüge. Seine Tante, die ausgewiesene Verehrerin ihres Landarztes, gab sie oft genug zum Besten. Er wollte sich eine zweite Tasse Kaffee genehmigen, doch

bevor er nach der Kanne greifen konnte, hatte Irmchen sie zur Seite gestellt.
»Zuviel Koffein ist auch nicht gesund.«
Mit schnellen Handgriffen räumte sie
den Tisch ab und machte sich daran,
das Geschirr abzuwaschen.

»Du kannst es in die Spülmaschine
stellen«, sagte Falk.

»Kommt nicht in Frage, schließlich
soll es sauber werden.«

»Genau dafür ist so ein Gerät da.«

Kaum gesagt, bereute er seine Worte
auch schon. Er ahnte, was nun kam.

Und tatsächlich. Irmchen unterbrach
ihre Tätigkeit und stemmt die Hände in
die Seiten. Dass sie dabei nasse Flecke
auf ihrem Rock hinterließ, beachtete sie
erstaunlicherweise nicht. »Sauberkeit
ist Handarbeit. Ich glaube, es ist an der
Zeit, dass wir uns ausgiebig darüber
unterhalten.«

Die Vorhaltungen sprudelten nur so
aus ihr heraus. Worte wie ›Dreck‹ und

›Erziehung‹ zogen an Falk vorbei, ohne dass er sich die Mühe gab, darauf zu reagieren.

»Hörst du mir überhaupt zu?«

»Natürlich Tantchen, aber ich muss nun leider los. Die Arbeit wartet.«

Das war gelogen, er hatte sich mit den Jungs in der Kneipe um die Ecke zum Frühschoppen verabredet. Aber das durfte er Irmchen nicht erzählen. Sie würde ihren Vortrag glatt um die Gefahren von Alkohol im Allgemeinen und Bier im Speziellen ergänzen.

»Solange du weg bist, mache ich mal schnell bei dir sauber.« Irma schnappte sich einen Lappen und guckte, als hätte sie sich eine Aufgabe aufgebürdet, die eines Helden würdig war.

»So schmutzig ist es nun wirklich nicht«, wandte Falk ein, wohl wissend, dass er damit auf Granit stieß.

»Und ob«, meinte Irmchen da auch schon. »Warte nur ab, bis ich deinem

Onkel erzählt habe, wie du lebst. Mit all dem Staub und mit diesen ekelhaften Spinnenviechern. Er würde dich sofort aus dem Testament streichen.«

Falk runzelte die Stirn. Onkel und Tante liebten ihn wie einen Sohn, und da sie keine Kinder hatten, würde er ihr Vermögen erben: drei Millionen Euro, das Haus nicht mitgerechnet. »Musst du es ihm wirklich sagen?«

»Natürlich muss ich das. Dein Onkel und ich, wir haben keine Geheimnisse voreinander. Und jetzt geh arbeiten, ich habe zu tun.«

Auf dem Weg in die Kneipe stellte sich Falk vor, wie Tante Irmchen durch die Wohnung wuselte. Bestimmt putzte sie jede Ecke. Zu Hause wienerte sie sogar die Fußbodenleisten. Ob sie sich auch über das Terrarium hermachen würde? Er dachte an Else, seine brasilianische Wanderspinne. Es war ein reiner Zufall gewesen, dass er sie im Supermarkt in der Obstauslage entdeckt hatte. Sie musste in ihrer Heimat zwischen die Südfrüchte geraten sein, und so war sie in Europa gelandet. Auf Anhieb hatte er sich in sie verliebt, in ihren braunen Körper mit den kurzen graubraunen Haaren. Wusste Irmchen, dass ein Biss von Else tödlich war?

Falk zückte sein Handy, er musste das Tantchen warnen. Aber dann hörte er wieder ihre Worte. *Dein Onkel wird dich aus seinem Testament streichen* und entschlossen warf er das Handy in den nächsten Abfallbehälter.

Bei Hempels unterm Sofa

Fast jede Woche treffen wir uns im Schützenverein, ich und meine alten Schulfreunde Theo, Torsten und Tim. Die drei Ts, wie sie sich nennen. Ich heiße Ben. Das passt eigentlich nicht zu den Ts. Trotzdem haben sie nach einer Gemeinsamkeit gesucht. Das Ergebnis war mein Spitzname: T-Ben, den sie meistens wie Theben aussprachen, die untergegangene Stadt am Nil. Dabei habe ich mit Ägypten nichts am Hut, und noch weniger mit Pharaonen und

Tempelruinen. Das hinderte die drei Ts nicht, dumme Witze zu reißen: *Theben, wie geht es Tutanchamun? Theben, stehen die Pyramiden noch?* Alles das nur, um mich zu ärgern, und eigentlich hätte ich schon gleich nach dem Schulabschluss die Gruppe verlassen müssen.

Aber dann lief mir Bettina über den Weg, meine jetzige Frau. Erst nach unserer Hochzeit habe ich gemerkt, dass meine Betty nicht nur energisch ist, sondern auch zäh. Wenn sie sich an einem Thema festgebissen hat, kann es lange dauern, bis sie wieder loslässt. Daher passen mir die Treffen mit den drei Ts ganz gut in den Kram. Sie geben mir Gelegenheit, wenigstens einmal die Woche für ein paar Stunden Betty zu entkommen.

Am schlimmsten ist ihr Ordnungssinn. In unserer Wohnung blitzt und blinkt es überall. Alles hat einen festen Platz, sogar die Kissen sind parallel zu den Sessellehnen ausgerichtet. Wie in einem Möbelhaus, klinisch rein und steril. Wollmäuse oder Schmutzecken? Fehlanzeige, und kaum lasse ich ein Krümelchen auf den Boden fallen oder wische den Tisch nicht ab, ist die Hölle los. Wenn Bettys *Hier sieht's aus wie bei Hempels unterm Sofa* durch die Räume donnert, denke ich oftmals, dass es bei diesen Hempels sehr gemütlich sein müsse. Bettys zweitliebster Spruch ist: *Wir sind hier nicht bei den Hottentotten.*

Eine Zeitlang habe ich gedacht, dass es bei denen genauso wundervoll wie bei Hempels wäre. Bis ich mal gelesen habe, dass *Hottentot* eine Bezeichnung für die Buschmänner in Südafrika ist, und zwar eine diskriminierende. Mit Beleidigungen aber habe ich nichts am Hut, so dass mir seitdem die Hempels bei weitem sympathischer sind.

Die drei Ts haben von Bettys Vorliebe für das Hempelsche Sofa oder den

Hottentotten natürlich keine Ahnung. Bei unseren Treffen drehen sich die Gespräche überwiegend um Fußball-ergebnisse oder darum, welche Bier-sorte am besten schmeckt und wie man Grillfleisch behandeln muss, damit es besonders zart wird und auf der Zunge zergeht. An diesem Abend allerdings ging es um unsere Frauen.

Torsten hatte erfahren, dass seine Hilda nichts mehr von ihm wissen wollte. Klar, dass wir ihn trösteten.

Tims Mandy bekam ein Kind und litt unter einer Schwangerschaftsdemenz. Der arme Junge hatte es alles andere als leicht mit ihr.

Theo war mit einer Ärztin aus dem städtischen Klinikum verheiratet, die durch die Arbeit im Schichtsystem nur selten gleichzeitig mit ihm zu Hause war. Völlig okay, wie ich fand. Theo aber wünschte sich, dass sie mehr Zeit füreinander haben sollten.

»Du hast ein Riesenglück«, sagte er zu mir, nachdem ich erzählt hatte, dass Betty Hausfrau war. Die anderen Ts nickten beifällig. Aber mit dem Glück ist es so eine Sache. Ein vierblättriges Kleeblatt zum Beispiel. Wenn man eins findet, ist das sozusagen ein Volltreffer. Man hat Schwein, zumindest trifft das zu, wenn es auf einer Gebirgswiese wächst. Aber was ist, wenn es neben einem Kernkraftwerk auftaucht?

Meine Frau Betty war so ein Atommeilerfund, und daran konnte auch die Meinung der drei Ts nichts ändern.

Als ich nach Hause kam, fand ich Betty am Tisch in der Küche sitzend vor. Sie guckte richtig verbissen, und mir schwante nichts Gutes. Es dauerte auch nicht lange, bis ich erfuhr, warum sie wütend war.

Bevor ich zum Treffen mit den Jungs gegangen war, hatte ich meine Hose gewechselt. Daheim trage ich meistens eine Trainingshose, auch wenn Betty das gar nicht so gern sieht. Sie ist der Meinung, dass solche Klamotten nicht zu der weißen Couch und den hellen Möbeln passen. Nun aber hatte ich die Hose einfach auf mein Bett geworfen, statt sie in den Schrank zu legen.

»Ganz egal, was du machst«, schrie sie mich an. »Ständig sieht es hier aus wie bei Hempels unterm Sofa. Wann merkst du dir endlich, dass wir nicht bei den Hottentotten sind?«

Das war der Moment, in dem ich die Nerven verlor und das Fleischmesser aus dem Messerblock zog.

Am nächsten Tag nahm ich eine große Menge von Betty mit in das Fastfood-Restaurant, in dem ich arbeite. Den überwiegenden Teil drehte ich durch den Fleischwolf. Das ist so ein Riesen-gerät, das ganz leicht Knorpel, Sehnen und sogar Knochen zermalmt.

Hamburger essen die meisten Leute gern, es fiel kein bisschen auf, dass es an diesem Tag viele zusätzliche Portionen gab.

Eine Woche später traf ich mich wieder wie gewohnt mit den drei Ts im Schützenverein. Theo und Tim hatten die letzten Tage mehr oder weniger gut überstanden, für Torsten hingegen sah es schlechter aus, denn seine Freundin Hilda war aus dem gemeinsamen Haus ausgezogen.

Ich erklärte den Jungs, dass sie nicht länger auf mich zählen konnten. Sie wünschten mir alles Gute, und wir zischten ein letztes gemeinsames Bier. Dann machte ich mich vom Acker. Als ich einige Meter weiter um eine Ecke bog, stieß ich mit einer jungen Frau zusammen. Geistesgegenwärtig griff ich nach ihrem Arm und verhinderte so, dass sie auf den Asphalt stürzte.

Aus ihrem Blick sprach Dankbarkeit, dazu traf mich ein Lächeln, das mich fast von den Beinen haute.

Sie löste sich von mir, strich glättend über ihr langes, blondes Haar und fragte mit einer Stimme, die nur einem Engel gehören konnte: »Wissen Sie, wo der Schützenverein ist?«

»Ungefähr hundert Meter die Straße entlang«, sagte ich und deutete in das Dunkel hinter mir. »Aber um diese Zeit ist dort nichts los. Genaugenommen ist er sogar geschlossen.«

»Ach.« Die Schöne schaute mich an, dass mir ganz flau im Magen wurde.

»Wissen Sie«, sagte sie, »jede Woche trifft sich mein Freund Torsten dort mit seinen Kumpels. Ich muss dringend mit ihm reden.«

Unser Torsten? Der vor kurzem erst verlassen worden war? Meine Gedanken fuhren Achterbahn. »Heißen Sie etwa Hilda?«, wollte ich wissen.

Sie nickte. »Woher … aber ja, Hilda Hempel, das ist mein Name.«

Ich hakte sie unter. »Torsten hat eine Frau wie Sie gar nicht verdient. Was halten Sie davon, wenn ich Sie einlade? Zu einem Kaffee oder einem Drink?«

Nach einem kurzen Zögern willigte Hilda ein.

In mir sang und jubelte es. Endlich war mir das Glück hold. Ich hatte eine schöne Frau gefunden, ein Wesen wie ein Engel, das noch dazu Hempel hieß. Bestimmt hatte Hilda nichts gegen ein gemütliches Sofa einzuwenden. Und für den Fall, dass sie mich genauso wie meinen Schuldfreund Torsten - ihren Ex - behandeln oder sogar enttäuschen sollte, hatte ich schon eine ganz eigene Lösung parat.

Hamburger gehen schließlich immer.

Hunger

»Der Abend wird super. Ich wollte schon immer mal ins Dschungelcamp. Ich bin ein Star, holt mich hier raus. Alles klar?« Elli strahlte.

Tina schüttelte den Kopf. Es war höchste Zeit, dass sie mit den Spielchen aufhörte und sich in ihrem Bungalow am Wiener Stadtrand an den Ofen setzte und Pullis für die Enkel strickte. Oder in der Gartenerde buddelte und gesundes Grünzeug anbaute. Schluss mit den Albernheiten, zu denen Elli sie seit ihrer Jugend immer wieder anstiftete. Es war Zeit, um sich an ihre fünfzig Jahren zu gewöhnen, allerhöchste Zeit. »Denkst du nicht, dass wir allmählich zu alt für solchen Stuss sind?«, fragte sie.

»Quatsch. Wir gehen in den Untergrund, du, ich, dazu ein paar andere Leute. Dort machen wir verschiedene Prüfungen, mit Tieren, Abfällen und so. Wie im Dschungelcamp halt, nur dass wir nach einer Nacht wieder raus sind. Vorausgesetzt, du hältst bis zum Schluss durch.« Damit hatte Elli den Einwand beiseite gewischt.

Ein Schauer lief über Tinas Rücken. Vor Jahren hatte sie mal eine Führung mitgemacht. Quer durch das Wiener Kanalsystem auf den Spuren des Filmklassikers *Der Dritte Mann*.

Es war echt gruselig gewesen.

Es war Freitagnacht kurz nach zehn Uhr. Sie liefen von der U-Bahn-Station am Karlsplatz die Operngasse entlang. Das *Café Museum* hatte seit etwa einer Stunde geschlossen, aber unmittelbar davor warteten drei Männer und drei Frauen.

Elli steuerte auf die Gruppe zu. »Servus, ich bin Elli.«

Auch Tina gab reihum die Hand und murmelte ihren Namen.

Dann stellten sich die anderen vor: Hartmut, groß wie ein Bär, Klausi mit Igelfrisur und dicken Brillengläsern und Sebastian, ein großer Dürrer mit langen Haaren und einem Ziegenbart.

Tina schätzte die Jungs auf Anfang dreißig. Suse, Annika und Mandy waren um die Zwanzig. Studentinnen. Elli und sie, beide fünfzig. Wie sie es geahnt hatte – längst zu alt für solchen Quatsch.

»Wir sind vollzählig, also mir nach.« Hartmut lief zielstrebig zu dem achteckigen Kanaldeckel, unter dem eine

Wendeltreppe in die Tiefe führte. Die Straßen waren leer, nur hin und wieder drangen die Lichter vereinzelter Autoscheinwerfer durch die Nacht.

»Stellt euch mal sicherheitshalber im Kreis auf und schirmt mich ab.«

Der Zugang war verschlossen, aber für Hartmut schien das kein großes Problem zu sein. Es knirschte, dann knackte es, und dann schlug er den Deckel so weit zurück, dass ein Mensch hindurchpasste.

Aus dem Loch wehte ein kalter Luftzug nach oben.

Vorsichtig spähte Tina in die Tiefe, aber abgesehen von steinernen Stufen konnte sie nichts erkennen. Aus der Ferne hörte sie leise Wasser tropfen.

Hartmut stupste sie an. »Beeilung.«

Einer nach dem anderen stiegen sie hinab. Sebastian ging als letzter. Ihm oblag es, die Klappe hinter ihnen zu schließen.

Kaum unten angekommen, drückte Hartmut den Jungs Taschenlampen in die Hände. Mandy kicherte über irgendetwas, das Suse erzählte. Annika schaute, als wollte sie jeden Moment umkehren.

»Gleich geht es los«, flüstere Elli Tina zu, die den Reißverschluss ihrer Jacke zuzog und die Hände in den Taschen vergrub. Ein Wassertropfen traf sie am Kopf und kullerte ihre Schläfe entlang. Fahrig wischte sie ihn ab.

Elli nickte in Hartmuts Richtung. »Ich hoffe, das hier lohnt sich. Wie der aussieht, schreckt der vermutlich vor nichts zurück.«

»Was meinst du damit?«

»Die Challenge, was sonst. Bestimmt war es schwer, alles vorzubereiten.«

Tina dachte an die Promis, die im feuchtheißen australischen Dschungel Fischaugen, Krokodilpenisstücke und Ekelwürmer in sich hineinstopften, nur um das Ganze dann umgehend wieder auszukotzen.

»Wir laufen schön hintereinander«, ließ sich Hartmut vernehmen. »Einer mit Taschenlampe, einer ohne, immer abwechselnd.«

Sie reihte sich hinter Hartmut ein. In seiner Nähe fühlte sie sich ein bisschen sicherer. Der dünne Schein der Lampen reichte nur einige Meter weit, danach versank der Gang im Dunkeln. Rechts befand sich ein Metallgeländer. Stück für Stück tastete sie sich daran entlang. Als ihre Finger auf etwas Schleimiges stießen, zuckte sie zurück.

Klausi prallte in ihren Rücken. »Was ist?«

Im Licht seiner Lampe sah sie, dass sich Abfall an den Gitterstäben verfangen hatten. Graue zerfetzte Reste von Papier, Stoff und wer weiß was noch hatten ausgereicht, um ihr einen gehörigen Schrecken einzujagen. Es stank nach Moder, Katzenpisse und Verfall. *Wie in einem Horrorfilm.*

Hartmut führte sie ein paar Stufen hinab, danach machte der Gang einen scharfen Knick. »Gleich bekommen wir Besuch. Das ist die erste Prüfung. Wer möchte?«

Niemand meldete sich.

»Mandy, du bist dran. Siehst du die Röhre?« Er richtete den Strahl seiner Taschenlampe auf eine Öffnung in der Mitte des Kanals. »Dort kriechst du durch. Wir gehen außen herum. Nach etwa dreißig Metern stößt du auf eine Abzweigung, da treffen wir uns.«

In dem kniehohen trüben Wasser zeigte sich ein nasser Kopf mit einer spitz zulaufenden Schnauze, dann ein zweiter, ein dritter. Eine ganze Meute.

»Iiih, das sind Ratten«, quietschte Mandy. »Muss ich da wirklich rein?«

»Wozu bist du denn hier?«, knurrte Hartmut böse, und für einen kurzen

Moment hatte Tina den Eindruck, dass er die Zähne fletschte.

Mandy kletterte über das Geländer und watete langsam auf das Ziel zu. Hin und wieder blieb sie stehen und schaute zurück, aber irgendwann war sie angelangt, bückte sich und schob sich durch die Öffnung.

Nach einem kurzen Weg, der über eine weitere Treppe nach unten und mehrere Meter waagerecht führte, erreichte die Gruppe den Abzweig, von dem Hartmut gesprochen hatte. Von Mandy keine Spur.

Im Dunkel hinter ihnen trommelte etwas. Tina lauschte. »Hört ihr das?«

Unvermittelt gellte ein Schrei, gefolgt von einem Schmatzen, als würde sich jemand die Finger ablecken. Der Geruch von Aas stieg in Tinas Nase, und sie schüttelte sich. *Jesus! Viiiiel zu alt für solchen Scheiß.* Sie sah sich nach Harald um, konnte ihn aber nicht entdecken.

An der Steinwand hinter ihr waberten undefinierbare Schatten. Ein Kreischen zerriss die Stille.

»Das klang wie Mandy. Ich sehe mal nach.« Sebastian band seine halblangen Haare zu einem Zopf zusammen und verschwand in der Röhre.

»Er findet Mandy, oder?« Annika kämpfte mit den Tränen.

Zögernd nickte Tina und wich ihrem Blick aus. An einem Mauervorsprung entdeckte sie einen großen verdreckten Rettungsring. Sie fingerte an dem Seil herum, das ihn hielt.

»Lass das«, zischte Hartmut, der wie aus dem Nichts aufgetaucht war. »Hier ertrinkt niemand.«

»Immerhin wurden in den Tunneln schon mal Teile von Leichen gefunden. Von einem jungen Mädchen, und auch ein Männerkopf«, warf Klausi ein. »Die Täter wurden niemals geschnappt.« Er lachte auf, doch in Tinas Ohren klang es so, als wollte er sich selbst Mut zu-sprechen.

Da! Da war es wieder! Lauschend hob sie den den Kopf. Es dröhnte durch den Gang. Bumm … bumm … bumm.

Dieses verdammte Trommeln. Hört das denn niemand?

Aber die anderen waren schon ein gutes Stück voraus. Tina hastete hinter-her. Nach einer Weile stießen sie auf ein paar Stufen, die an einer Holztür endeten. Sie drängte sich zu Hartmut vor. »Ich will umkehren.«

»Keiner verlässt die Gruppe.« Seine Augen funkelten, sein Mund zuckte grimmig, doch gleich darauf sah er aus wie immer. Sie musste sich getäuscht haben.

Er fummelte einen Schlüssel aus der Jackentasche und öffnete die Tür. Der dahinterliegende Tunnel war so eng, dass Tina mit ausgestreckten Armen die Wände berühren konnte.

»Vergesst es, da gehe ich nicht rein«, sagte sie.

»Ach was, gleich erreichen wir die nächste Station. Du läufst neben mir an der Spitze.« Hartmut griff nach ihrem Arm, und eine eisige Kälte drang durch den Stoff ihres Ärmels. Sie öffnete den Mund, aber kein Ton kam über ihre Lippen.

»Los«, drängelten die anderen.

Widerwillig setzte sie Fuß vor Fuß. Aus den Augenwinkeln nahm sie eine Bewegung wahr, aber als sie genau hinschaute, waren da nur nackte Mauern.

Immer weiter ging es in die Tiefe, bis Hartmut erneut stoppte. »Wir sind da. Prüfung Nummer 2.«

In einer Nische stand ein Tablett, darauf lag etwas, das mit einer Speiseglocke abgedeckt war.

»Das ist für dich.« Hartmut zog Suse nach vorn und deckte den Teller auf.

»Pfui Teufel! Was ist das?«

»Pürierte Gammeleier, gemischt mit gerösteten Heuschrecken und saurer Milch.«

Zögernd steckte Suse einen Klumpen der grauen Masse in den Mund und kaute. »Geht so«, befand sie schließlich und aß alles auf. Mit dem letzten Bissen meldete sich das Trommeln zurück.

Wieder bewegte sich etwas an Tinas Blickrand, und wieder konnte sie nicht sehen, was es war. Sie schluckte, um den Kloß in ihrer Kehle zu vertreiben.

Da ist nichts. Nimm dich zusammen.

Plötzlich presste Suse die Hände auf ihren Leib und krümmte sich. »Mir ist schlecht.«

»Ich bringe dich raus«, sagte Klausi.

»Und ich komme auch mit«, ergänzte Annika.

»Stopp mal, was ist mit dem Rest der Prüfungen?«, fragte Hartmut scharf.

Klausi reagierte nicht, er war bereits im Gehen und zog Suse mit sich fort.

Annika blickte zu Tina, zuckte mit den Schultern und rannte Klausi und Suse nach.

»Komm Elli, lass uns das hier endlich abbrechen und auch gehen«, bat Tina.

Elli schüttelte den Kopf. »Ach was, sei doch kein Frosch, jetzt wird es erst richtig aufregend.«

Einen Atemzug lang hatte Tina das Gefühl, dass die Finsternis außerhalb des Lichtkreises wie lebendig um sie herumschwebte, doch Hartmut schob sie weiter, um eine Biegung herum und zu Stufen, die noch tiefer nach unten führten, dorthin, wo der Boden zwischen den Wänden stellenweise mit Nässe bedeckt war und die Mauern feucht glänzten. Tropfen platschten in die Pfützen. Es roch nach Fäulnis und Tod. Etwas strich leicht über Tinas Gesicht, und sie schrie auf.

Hartmut schwenkte seine Taschenlampe in ihre Richtung. Das Licht blendete, und Tina schirmte die Augen mit der Hand ab.

»Spinnweben«, sagte Elli.

Auch das noch. Die Härchen in Tinas Nacken richteten sich auf. »Es gibt Spinnen, deren Bisse tödlich sind. Mörderspinnen«, sagte sie.

»Die hier gehören nicht dazu«, erklärte Elli. »Sonst könnte hier unten niemand überleben, nicht einmal die Fischmenschen.«

»Fischmenschen?«

»Bettler und Obdachlose, für die in der Stadt oben kein Platz ist. Es heißt, sie hätten sich den Bedingungen in der Kanalisation angepasst, hätten Kiemen und so. Deshalb der Name.«

Das Trommeln war jetzt richtig nah und laut. Auch der Rhythmus war viel schneller geworden: bummdibumm … bummdibumm … bummdibumm.

Im Takt der dumpfen Töne waberte Nebel heran, etwas atmete darin.

Was war das? Tina spähte angestrengt in die Schwaden. *Da war doch was.* Doch sie konnte nichts erkennen, sicher hatte sie sich geirrt.

Hartmut hob seine Taschenlampe höher und fauchte: »Komm endlich.«

Sie starrte ihn an. Ganz deutlich hatte sie seine Hände gesehen und auch die Finger mit den Schwimmhäuten dazwischen.

Voller Panik warf sie sich herum und stürzte davon. *Weg, nur weg.* Einmal stolperte sie, und einmal fiel sie hin, doch sie rappelte sich wieder auf und hetzte weiter. In ihrer Seite stach es, als hätte jemand ein Messer in ihre Milz gestoßen. Nach Luft ringend stützte sie sich an den Mauern ab, um gleich darauf entsetzt zurückzufahren. Die Wände schienen zu schwanken, eine Öffnung tat sich auf wie der Rachen eines Ungeheuers, bereit alles zu verschlingen, was sich ihm in den Weg stellte. *Aufhören, hört auf!* Schweiß rann über ihren Rücken, dabei war ihr Leib von eisiger Kälte erfüllt. Ihre Glieder fühlten sich taub an, wie Fremdkörper. Um sie her wisperte es undeutlich in der Dunkelheit.

Weit voraus meinte sie einen hellen Schein zu erkennen, und mit letzter Kraft stolperte sie darauf zu, das Trommeln im Rücken, gefolgt von einem lauten Rauschen. Dann war es über ihr. Ein Wasserschwall riss sie zu Boden. Schatten huschten durch das Nass, spitze Knochen drückten sie auf den glitschigen Grund und hielten sie fest.

So schnell, wie das Wasser gekommen war, verschwand es auch wieder. Nur ein feuchter Fleck zeugte noch davon, und selbst der war kurz darauf nicht mehr zu sehen.

Ein Schmatzen klang durch das Dunkel, dann ein Rülpsen. Der Kanal war satt, zumindest für den Augenblick. Tief in seinen Gängen hing ein langgezogener Trommelton: Bumm … bumm … bumm … und um Haralds Lippen spielte ein zufriedenes Grinsen.

Der Problemlöser

Bernhard Fröhlich starrte auf das Blatt Papier. Die Zeilen verschwammen ein wenig, doch nein, er hatte sich nicht getäuscht. Da stand es in den typischen Formulierungen, die er im Laufe der Zeit hassen gelernt hatte. Grundsätzlich entspräche sein Kriminalroman den Bedingungen für seine Bewerbung auf ein Stipendium, aber er müsse ihn überarbeiten.

Genau wie es Doktor Knurrmeister vorausgesehen hatte. Verdammt noch mal, überarbeiten! Er wusste, worauf die sächsische Kulturstiftung abzielte. Gesellschaftskritisch war sein Text und zu anspruchsvoll für die Kulturleute in Dresden. Er hätte auf den Doktor hören sollen. Der hatte gleich gemeint, er solle lieber bei Gruselromanen bleiben. Die würden ihm besser liegen.

Ein Fingertrommeln erklang an der Zimmertür, und Fröhlich schob schnell den Brief unter sein Kopfkissen, gerade noch rechtzeitig, bevor Möschelmann es mitbekommen konnte.

Wolfgang Martin Möschelmann war schon genauso lange wie er in diesem Haus. Sowas verbindet, sagte er stets, und deshalb wartete er auch nie, bis Fröhlich ihn hereinbat, sondern trat gewöhnlich unaufgefordert durch seine Tür. Wenigstens hatte er diesmal davor angeklopft, wenn man das kurze Trommeln so nennen wollte.

Der dicke Möschelmann ließ sich auf den einzigen Stuhl des Zimmers fallen, der unter seinem Gewicht bedenklich knarrte. »Was treibst du?«,

»Nichts weiter.« Fröhlich strich das Kopfkissen glatt. In Gedanken war er bei der Absage. Das war es also. Man hatte nicht verstanden, worum es ihm ging. Wie hatte der Doktor gesagt?

Unschlüssig wären die meisten Menschen, ohne Durchblick und ohne starken Willen. Nicht alle, wohl bemerkt, denn eine Ausnahme gäbe es immer. Einen, der besser war. Der Doktor hatte ihn gemeint, ganz sicher.

Möschelmann räusperte sich.

Fröhlich kratzte sich an der Nase. Er schweifte ab, ein Fehler, der ihm immer wieder unterlief. Die Ideen in seinem Kopf galoppierten einfach davon, und wenn er nicht aufpasste, verlor er den Faden. »Hast du was auf dem Herzen? Oder warum bist du hier?«, fragte er.

»Ich haue ab«, sagte Möschelmann.

»Was?«

»Morgen, da mache ich es. Ich habe die Schnauze gestrichen voll von dem ganzen Mist hier.«

Möschelmanns Ausdrucksweise ließ Fröhlich zusammenzucken. Ihm waren gut gewählte Worte wichtig, aber was konnte man schon von jemandem wie W. M. Möschelmann erwarten? Als sie vor zwei Monaten Seite an Seite in Knurrmeisters Sprechzimmer gewartet hatten, war die Rede auch auf ihre Berufe gekommen. Er würde was mit Tieren machen, hatte der Dicke gesagt, und er hatte angenommen, dass damit ein Job als Veterinärmediziner gemeint war. Oder als Pfleger im Zoo. Möschelmann sah aus, als könne er mit Nashörnern und Elefanten umgehen. Aber später hatte sich herausgestellt, dass er Fleischer war.

»Warum willst du weg?«, fragte er. »Hat Knurrmeister deine Behandlung etwa beendet?«

»Nee, im Gegenteil. Er will, dass ich noch viel länger bleibe.«

Möschelmann war in der Klinik, weil er aufbrausend war. Auch das hatte er ihm erzählt, damals in Knurrmeisters Wartezimmer.

»Es ist nur wegen Isabella«, fuhr Möschelmann fort. »Wir sind nun mal verschieden. Ich bin zurückhaltend und lieber für mich, das weißt du ja. Isabella hingegen, die ist viel aufge-schlossener.«

»Stimmt«, erwiderte Fröhlich. Wenn Isabella ihren Gatten in der Klinik be-suchte, schaute sie oft und gern auch bei den anderen Patienten herein, bei den männlichen jedenfalls.

»Meine Isabella ist keine Hausfrau, das muss sie auch nicht. Bei uns koche meistens ich, sowas lernt man schnell als Fleischer, klar. Aber Essen ist nicht alles, was man im Leben braucht, oder? Man muss auch Freude haben. Und die

Isabella amüsiert sich nun mal gerne.«

»Oh ja.« Fröhlich nickte heftig. »Das tut sie.«

»Und genau das liebe ich an ihr«, setzte Möschelmann hinzu. »Dass sie anders ist als ich.«

»Sie redet viel«, entgegnete Fröhlich. Isabellas Plappern war nicht besonders tiefgründig. Er fand es sogar dumm.

»Gestern war sie bei Knurrmeister. Sie hatten sich in seinem Sprechzimmer eingeschlossen.« Möschelmann sackte noch tiefer zusammen und seufzte. Es war ein Seufzen, das die Qual einer tiefverletzten Seele verdeutlichte, und plötzlich dachte Fröhlich an die Absage unter seinem Kissen. Zu überzogen und unrealistisch wäre die Handlung des Romans, so hatten es die Experten ausgedrückt und gemeint, dass er wohl zu wenig recherchiert habe.

Das stimmte sogar ein bisschen, aber als Ausgleich hatte er viel Fantasie.

Bernhard Fröhlich beschloss, Möschelmann zu helfen. Wozu sonst waren Freunde da?

Kaum hatte der Dicke ihn verlassen, suchte Fröhlich im Nachtschränkchen nach der Tüte Rosinen, die er für ihn aufbewahrte. Möschelmann liebte die süßen Dinger, sollte sie aber wegen seines Gewichts meiden. In dieser Beziehung verstand Isabella keinen Spaß. Deshalb hatte er sie bei Fröhlich versteckt.

Fröhlich weichte eine Handvoll im Zahnputzbecher ein. Kaum hatten sie sich mit Wasser vollgesogen und waren schön prall, machte er in jede einen kleinen Ritz, den mit dem Pulver aus seinen Beruhigungskapseln präparierte. Der Doktor würde ihm eben neue geben müssen.

Am nächsten Tag hatte Möschelmann anscheinend vergessen, dass er abhauen wollte. Denkbar unbequem hing er in einem Lehnsessel vor Knurrmeisters Sprechzimmer und schnarchte vor sich hin. Ein dünner Spuckfaden rann aus seinem leicht geöffneten Mund.

Fröhlich hatte auf Isabella gewartet. Als sie eintraf, fing er sie im Flur ab und dirigierte sie in die Kammer am Ende des ersten Stockes, in der Putzmittel und Wäsche aufbewahrt wurden. Auch eine Werkzeugkiste stand dort. Den darin befindlichen Hammer hatte er vorsorglich direkt neben der Türangel platziert.

»Was für ein ausgefallener Ort«, gurrte Isabella, die offenbar amouröse Absichten erwartete.

Ein kräftiger Schlag auf ihren Kopf, und sie fiel um. Ein bisschen zappelte sie noch, aber ein zweiter Schlag beendete auch das.

Nachdenklich begutachtete Fröhlich den blutverschmierten Hammer und dann Isabellas Körper. War das alles realistisch genug für eine Krimiszene? Er zuckte mit den Schultern und machte sich zu Doktor Knurrmeister auf.

Der Doktor saß hinter seinem Schreibtisch und schrieb etwas in ein Buch. Bei Fröhlichs Eintritt sprang er auf. »Sie haben heute keinen Termin.«

»Trotzdem bin ich hier.«

»Wissen Sie, Fröhlich, genau das ist Ihr Problem. Es liegt in Ihrer Kindheit. Mal-sehen-wie-es klappt ist keine gute Basis für eine Erziehung.«

Knurrmeisters Blick hing an dem Hammer, den Fröhlich locker in der Hand baumeln ließ.

»Wie bitte?« Fröhlich bewegte sich gemächlich auf Knurrmeister zu.

Der Doktor wich zurück, bis er an das Fensterbrett stieß. Er keuchte laut, und auf seiner hohen Stirn hatten sich Schweißperlen gebildet. »Mit anderen

Worten, Sie wurden als Kind viel zu lange sich selbst überlassen. Niemand hat Ihnen Regeln beigebracht. Daher können Sie sich nicht integrieren.«

Fröhlich stockte. Keine Regeln? Das war nun aber wirklich lächerlich. Bis zur Einschulung hatte er geglaubt, sein Vorname wäre NEIN. Autoritär waren Mutter und Vater gewesen, und das war noch geschmeichelt.

Inzwischen hatte sich Knurrmeister ein Stück nach links geschoben. Wollte wohl an ihm vorbei. Deshalb also das Gerede, alles nur, um ihn abzulenken. Fast wäre es dem Doktor geglückt, aber dieses Mal hatte er seine Gedanken im Griff. Kein Abschweifen mehr, keine Ablenkung.

Fröhlich riss den Hammer hoch.

Möschelmann hockte immer noch im Wartebereich und schlummerte. Aus dem dünnen Spuckfaden in seinem

Mundwinkel war ein stetes Tropfen geworden. Vorsichtig legte Fröhlich den Hammer in den Schoß des Dicken, dann ging er in sein Zimmer.

Es gab noch viel zu tun. Die soeben erworbenen Erfahrungen warteten darauf, dass er sie in seinen Roman einarbeitete, und er sollte sich beeilen, bevor ihn sein Gedächtnis im Stich ließ. Mit einer zweiten Isabella und einem zweiten Doktor hatte er bestimmt nicht so viel Glück.

Glück im Unglück

Heiner starrte aus dem Fenster, doch er sah weder die hübschen Monschauer Häuser noch die drei Motorräder, die vor dem Gebäude auf dem Hotelparkplatz standen. Insgeheim verfluchte er den Tag, an dem er und seine Kumpels den Plan zu dieser blöden Ausfahrt gefasst hatten. Einmal Eifel und zurück auf dem Rücken wilder Pferde, die in ihrem Fall in vier Zylindern steckten. Er und die Jungs, einsame Männer, nur auf sich allein gestellt.

Klar, dass die Frauen dagegen waren und so lange gedrängelt hatten, bis sie mitdurften. Auch seine Annie, und nur notgedrungen hatte er letztendlich zugestimmt, doch er hätte es besser wissen müssen!

Anni war im Zeichen der Fische geboren, und wollte man ihrem Sternbild glauben, war sie empfindsam und feinfühlig, aber auch hilflos mitunter. So hatte es Heiner gelesen.

Anni und hilflos? Nie und nimmer. Ein Fisch mochte sie sein, aber einer von der bösen Sorte. Ein Raubfisch nämlich. Ständig krittelte sie an ihm herum. Weil sie wollte, dass er mehr aus sich machte.

Letzte Woche zum Beispiel, da hatte sie ihn zu einem Trainer für Persönlichkeitsentwicklung geschleppt. Um seine brachliegenden Potentiale zu wecken, wie sie meinte. Der Mann hatte ihm natürlich gleich ein Seelencoaching angeboten, das war eben sein Job, und als er seine Floskeln losgelassen hatte, war Annie begeistert gewesen. Für Psychokram war sie empfänglich. Von wegen raus aus seiner Komfortzone und Erreichen von Zielen durch Überwindung der eigenen Grenzen. Nützlich wie ein drittes Knie, sowas. Außerdem waren es ihre Ziele, nicht seine. Er war zufrieden mit dem, was er hatte. Jedenfalls hatte er das bis gestern noch geglaubt.

Bei dem Gedanken an letzte Nacht ballte er die Hände zu Fäusten, bis die Knöchel weiß hervortraten. Sie hatten im *Grafenkeller* gefeiert. Simon hatte Zwickelbier bestellt, ein trübes Etwas. Er hätte lieber Wein getrunken, aber Anni hatte wieder mal an ihm herumgemeckert: »Du brauchst stets eine Extrawurst. Schließ dich nicht immer aus!«

Wie gewöhnlich hatte er nachgegeben. Um des Friedens Willen und weil alle über ihn gelacht hatten, besonders Simon. Sie hatten gegessen, und dem ersten Bier waren weitere gefolgt. Nach dem fünften Glas hatte er aufgehört, zu zählen. Irgendwann war ihm schlecht geworden, und er war aufgestanden und gegangen.

Nachts kurz nach eins war er aufgewacht, weil er zur Toilette musste. Um Anni nicht zu wecken, hatte er sich extra leise aus den Laken gequält, aber dann hatte er bemerkt, dass sie gar nicht da war. Unschlüssig hatte er die leere Seite des Bettes betrachtet, bis ihn der drängende Harndruck daran erinnert hatte, weswegen er munter geworden war.

Nachdem er sich im Bad erleichtert hatte und zurück in sein Bett steigen wollte, hatte er etwas gehört, draußen vor der Tür. Leise hatte er sie geöffnet, nur um sie gleich darauf wieder bis auf einen kleinen Spalt zu schließen.

Zwei Zimmer weiter stand seine Frau und flüsterte mit einem Mann. Simon natürlich, er hatte es ja geahnt.

Worte wie *morgen* und *erledigen* waren wie finstere Wolken über den Flur geschwebt und hatten sich in seinem Kopf festgesetzt. Für ihn war die Sache klar. Anni und Simon hatten ein Verhältnis und nun wollten sie ihn aus dem Weg räumen.

»Kommst du endlich?«, unterbrach Anni seine Gedanken. »Die anderen warten auf uns.«

Unlustig folgte er ihr nach draußen. Falk, Sina, Simon und Elke standen schon vor dem Hotel. Simon hielt eine Landkarte zwischen den Händen. Als er Heiner sah, faltete er sie zusammen. »Dann können wir ja starten.«

»Wohin soll es denn gehen?« Heiner hatte sich an Elke gewandt.

Die zuckte mit den Schultern. »Zu irgendeinem Kreuz.«

»Nein, nicht irgendeines«, mischte sich Simon ein. »Es ist das Kreuz des Horrichem, dem Apostel vom Hohen

Venn. Er war der Prior vom Kloster Reichenstein, im dreißigjährigen Krieg hat er vielen Menschen geholfen. Deshalb das Kreuz zu seinen Ehren. Es wurde 1890 errichtet und ist ziemlich gewaltig, nämlich ganze sechs Meter hoch.«

»Mit deinen Weisheiten kannst du uns verschonen«, fauchte Elke.

Aber das hörte Simon nicht mehr, er war schon auf dem Weg zu den Bikes.

Elke folgte ihm, und Heiner schloss zu ihr auf. Verstohlen musterte er sie. Sie war erschreckend blass und hatte tiefe dunkle Ringe unter den Augen. »Schlecht geschlafen?«, fragte er.

»Hm, jedenfalls, bis ich mir gegen Morgen ein Einzelzimmer genommen habe. Simon schnarcht eben sehr. Das weißt du doch, oder?«

Heiner wusste es nicht, behielt das jedoch für sich. Entweder ahnte Elke wirklich nicht, dass ihr Mann sie betrog, oder sie verschloss davor absichtlich die Augen. Vielleicht sollte er sie aufklären. Später, irgendwann.

Sie fuhren bis Mützenich. Am Ruitshof stellten sie die Maschinen ab und gingen zu Fuß weiter. Knapp dreißig Minuten später hatten sie ihr Tagesziel erreicht: den Richelsley.

»Ein Konglomeratfelsen«, erklärte Simon. »Gut hundert Meter lang und bis zu zwölf Meter hoch. Sehr schmal, wie man sieht.«

Oben angekommen schauten sie in die Runde, ließen sich später am Fuße des Kreuzes nieder und packten das Picknick aus: Schwarzbrot, Wurst und Käse. Annie legte Buletten dazu.

»Ist das etwa Fleisch?«, fragte Sina. »Ich esse doch nichts, was mal ein Gesicht hatte.«

»In dem Hack verteilt sich das.« Simon lachte, als hätte er einen guten

Witz gerissen, Annie und Sina guckten böse.

»Nimm Käse«, sagte Heiner zu Sina und reichte ihr ein Messer. Eine Weile aßen sie schweigend.

Später schnappte sich Simon die Kamera. »Ich mache ein paar Fotos.«

»Beeil dich, das Wetter schlägt um«, rief Elke ihm nach.

Tatsächlich war ein kräftiger Wind aufgekommen. Dicke Wolken türmten sich am Himmel zu bizarren Gebilden.

Heiner musterte den Horizont. »Da braut sich was zusammen. Lasst uns zurück ins Hotel fahren.«

Falk und Anni packten die Reste des Picknicks ein. Eine Böe trieb einen der Pappteller vor sich her über das Plateau, geradewegs auf Simon zu, der am Rande des Felsens stand und unentwegt Fotos schoss.

Elkes Wasserflasche war unter einen Busch gerollt. Sie bückte sich danach, doch gleich darauf schrie sie auf. Zitternd zeigte sie auf einen Haufen blutverkrusteter Federn, die rings um die Zweige verteilt waren.

Ein Omen, dachte Heiner und zog sie fort.

Der Wind peitschte mittlerweile die Wipfel, dass die Bäume bedenklich ächzten. Das Tageslicht war beinah verschwunden, auf das Gestein fielen erste Tropfen.

Plötzlich zerriss ein greller Blitz das Dunkel, kurz darauf kam der Donner und dann wieder ein Schrei, diesmal von Anni, die am Abgrund in die Tiefe starrte, direkt an der Stelle, wo vor kurzem noch Simon gewesen war.

»Da ist er«, schrie sie und zeigte nach unten.

Simon lag auf einem breiten grasbewachsenen Vorsprung einige Meter unterhalb des Felsrandes. Sein Gesicht war erschreckend grau, sein rechtes

Bein war unnatürlich zur Seite wegge-
knickt.

»Wir müssen ihn bergen«, rief Falk
und machte sich mit den Mädchen an
den Abstieg.

Heiner folgte. »Das Schwein sollte
verrecken«, murmelte er.

Erschrocken drehte sich Elke zu ihm
um, Sina hingegen nickte nur. Falk
hatte indessen aus Ästen und Zweigen
eine provisorische Trage gebaut.

»Wir brauchen Hilfe.« Elke fingerte
ihr Handy hervor.

»Vorsicht«, brüllte Falk und zeigte
nach oben.

Wie gebannt verharrten sie vor dem
Schauspiel, das sich ihnen dort bot.
Der Fels schien zu leben.

Heiner fasste sich als Erster. »Aus
dem Weg!« Keine Sekunde zu früh.
Ein großer Steinbrocken donnerte herab. Zweige und Erde schossen umher.
Heiner schützte sich, so gut es ging,

und erst als es still war, schaute er auf. Der Brocken war auf Simon gelandet, direkt auf seinem Unterleib. Ein Blutrinnsal sickerte unter dem Rand hervor und bildete allmählich eine Pfütze. Simons Augen waren riesig, die Blicke irrlichterten von einem zum anderen. Wie es aussah, stand er unter Schock.

»Du wolltest ja, dass er stirbt. Jetzt hast du es geschafft«, flüsterte Anni und krallte ihre Finger um Heiners Arm.

Er schüttelte ihre Hand ab. »Spinnst du? Ihr wart es doch, die mich töten wollten.«

»Wie bitte?«

»Na klar, du und Simon, ihr wart ein Liebespaar. Ich war euch im Weg.«

»So ein Blödsinn.«

»Ich habe euch gestern gesehen und alles gehört.«

»Ach ja? Er hat mich erpresst. Weil ich spiele, es ist eine Sucht.«

»Echt jetzt?«, fragte Elke. Ihre Stirn war gerunzelt. »Und ich dachte, Simon mag dich, als Frau, meine ich.«

»Jetzt mach mal halblang. Frag Sina, wenn du wirklich wissen willst, wem du es verdankst, dass dein Mann im Bett eine Nullnummer war.«

Sina, die neben Simon in die Hocke gegangen war, begann zu weinen. »Er hat mir Drogen gegeben. Ehrlich, ich habe doch nicht ahnen können, was er von mir wollte. Erst als ich die Fotos gesehen habe ...«

Eine Weile brüteten sie still vor sich hin, bis ein gewaltiger Donner krachte und der Wolkenbruch kam. Das Funknetz war zusammengebrochen. Jetzt war es erst recht nicht mehr möglich, einen Arzt zu holen. Leider, wie sie sich gegenseitig versicherten. Ein Unglück für den armen Simon, aber ein Glück für sie. Endlich hatten sie Ruhe vor ihm.

Meine schönste Schneeskulptur

»Die Stadt, die dieses Jahr für Sachsen im alljährlichen Wettbewerb um die schönste Schneeskulptur an den Start geht, liegt im ...« Der Sprecher schaute in die Runde, »... im Erzgebirge.«
Beifall brandete auf, ich klatschte mit. Hier findet man an jeder Ecke eine Werkstatt, und wer Holzfiguren schnitzen kann, bringt auch aus Wasser, Eis und Schnee etwas Gescheites zustande. Klarer Fall, dass ich mich an dem Wettstreit beteiligen wollte. Da ein solches Vorhaben jedoch für eine Frau alleine nur schwierig zu bewältigen ist, über-

redete ich Richard, mir dabei zu helfen. Der war sofort mit Feuereifer dabei. Ich auch. Meine anfängliche Euphorie verflog jedoch schnell, denn zwischen unseren Vorstellungen lagen Welten.

Richard war dafür, die Bergkirche von Seiffen nachzubauen, ich hingegen stehe nicht so sehr auf starre Formen, sondern eher auf etwas Lebendiges. Tiere zum Beispiel. Oder Menschen. Daher schlug ich drei Kurrendesänger vor.

Tagelang diskutierten wir hin und her und über dies und das. Was musste nicht alles bedacht werden! Der Aufbau, die Unterkonstruktion sowie Stützen aus Latten und Wasser zur Eisbildung. Und dann war da noch die Sorge, ob der Schnee die erforderliche Konsistenz haben würde, damit unser Kunstwerk hielt. Nie konnten wir uns einigen, und immer öfter endeten unsere Arbeitstreffen im Streit. Mehr als einmal hatte ich es satt und eigentlich vor, mich nicht mehr in Richards Werkstatt blicken zu lassen, aber dann ging ich doch immer wieder hin. Wegen Käpt'n Cook, dem Kakadu, den wir uns angeschafft hatten, früher, als wir noch ein Paar gewesen waren. Weil aber Richard den Vogel bezahlt hatte, war er nach unserer Trennung bei ihm geblieben, obwohl ich ihn gern zu mir genommen hätte. Wenigstens hatten wir ein Besuchsrecht vereinbart, so dass ich Cooky sehen durfte, wann immer ich wollte.

Eines Nachts wälzte ich mich wieder einmal schlaflos im Bett von einer Seite auf die andere, da kam mir eine neue Idee. Ich war davon überzeugt, dass Richard dieses Mal zustimmen würde. Gleich am nächsten Tag machte ich mich zu ihm auf.

Ich fand Richard damit beschäftigt, die alten Schnitzhölzer zu sortieren.

Kiefer links, Tanne rechts. Jedes Mal, wenn er sich bückte, rutschte seine Hose nach unten und legte ein Stück seines Hinterns frei. Der Anblick veranlasste Käpt'n Cook, ein lautes *Land in Sicht* zu krächzen. Ich verbiss mir das Lachen und streichelte zärtlich Cookys Hals, bis sich seine gelbe Federhaube sträubte. Als er an meinem Finger zu knabbern begann, besann ich mich, weswegen ich gekommen war, und holte meine Skizze aus der Tasche. »Ich habe etwas Neues.«

»Dein Gelump interessiert mich net«, schimpfte Richard, ohne seine Arbeit zu unterbrechen.

»Gelump? Schau her, das ist der bislang beste Entwurf.« Ich hielt ihm meine Zeichnung unter die Nase. »Ein Räuchermännlein.«

»Ist mir egal.«

»Sollte es aber nicht. Bergmann und Engel, Nussknacker und Räuchermann sind typisch für unsere Heimat, richtige Klassiker. Mein Onkel Wilhelm hat jede Menge davon geschnitzt.«

»Du und deine Bagasch.«

»Bagasch?« In meinem Innern stieg ein Schwall Magensäure auf. Das letzte Mal, dass jemand meine Familie als Gesindel abgetan hatte, war vor reichlich fünf Jahren gewesen. Damals wollten wir heiraten, der standesamtliche Termin stand sogar schon fest, aber als es ernst wurde, hat mich Richard im Stich gelassen. Weil seine Mami gegen die Hochzeit war und er immer auf sie hörte. Nach sieben Jahren wilder Ehe war ich wieder allein, und daran hat sich bis heute nichts geändert.

Ich weiß, ich bin keine einfache Frau, und ich habe meine Macken. Die hat schließlich jeder, aber das ist nicht das Problem. Das Problem liegt vielmehr darin, einen Typen zu finden, dessen Macken mit meinen gut harmonieren, und das ist mir bislang einfach nicht gelungen. Ich schiebe es darauf, dass sich meine Vorstellung von zwanzig Zentimetern körperlicher Ausstattung von der Vorstellung der meisten Männer unterscheidet. Zudem ist die Auswahl in unserer Gegend arg begrenzt. Richard war eben der Beste.

Seltsamerweise hat mein Verhältnis zu ihm nach seinem Rückzieher kaum gelitten, denn jetzt, wo wir nichts mehr voneinander wollen, bin ich seinem blinden Mami-Gehorsam gegenüber mehr oder weniger milde gestimmt, zumal die kleinen Widerwärtigkeiten, die sich während unserer Beziehung daraus ergeben haben, in meiner Erinnerung verblasst sind.

Die Bezeichnung meiner Familie als *Bagasch* traf mich trotzdem bis ins Mark.

»Meine Familie ist viel mehr wert als deine, kapiert?«, schimpfte ich.

Richard winkte ab, wandte sich um und begann, an einem Stückchen Holz herumzusäbeln.

Mein Gesicht brannte vor Hitze. Vor meinen Augen wurde es schwarz, und plötzlich hielt ich die Axt in der Hand, die Richard zum Holzhacken benutzt. Ohne dass ich mir dessen bewusst wurde, saugte sich mein Blick an seinem Hinterkopf fest.

Zwei Tage später stand ich auf dem Veranstaltungsplatz. Stolz betrachtete ich meine Skulptur. Von links und von rechts, vorn und hinten. Ich fand nichts auszusetzen.

Das Organisationskomitee und die Wertungsrichter nahmen alle Schneefiguren in Augenschein, sogar Gunther Zause, unser Bürgermeister war gekommen. Vor meinem Werk blieb er stehen und nickte mir anerkennend zu. »Der Räuchermann ist dir gelungen.

Sieht richtig lebensecht aus, dazu die Knubbelnase, herrlich. Wie Richard aus dem Gesicht geschnitten. Wo ist der überhaupt, der Richard?«

Ich zuckte mit den Schultern, meine Kehle war wie zugeschnürt.

Als die Abstimmung ergab, dass unser Dorf den Wettbewerb gewonnen hatte, brandete tosender Jubel auf, und wie sich bald herausstellte, hatte meine Schneefigur entscheidend zu diesem Erfolg beigetragen. Im Stillen beglückwünschte ich mich, dass ich an meinem Entwurf festgehalten hatte. Selbst Richard hätte jetzt zugeben müssen, dass mein Räuchermann unübertroffen war, zumal ich ihm damit ein Denkmal gesetzt hatte, denn kein anderer als er steckte unter all dem Eis und Schnee, sozusagen als Basis meiner Skulptur. Würde ich ihn vermissen? Kaum. Ich habe jetzt Cooky, der versteht mich wenigstens. Ohne Wenn und Aber.

Bambi muss sterben

»Denkst du, dass sie die Alten schon gefunden haben?« Brad starrte durch die Windschutzscheibe.

Vor drei Stunden hatten sie Berlin verlassen. Seitdem waren sie mit dem klapprigen Hymer-Wohnmobil auf der A 9 Richtung Süden unterwegs.

»Gib Gummi«, sagte Angelina, nur um überhaupt etwas zu sagen. Sie wusste genau, dass ihr Bruder nicht schneller fahren konnte, selbst wenn er gewollt hätte. Mickrige achtzig Sachen, mehr waren bei der Kiste nicht drin, dabei hatten sie es verdammt eilig.

»Falls die Bullen die Alten gefunden haben, sind sie uns bestimmt schon auf den Fersen«, redete Brad weiter.

Sie warf ihm einen Blick zu. Wie hübsch er ist, dachte sie. Viel schöner als Brad Pitt, dem er seinen Vornamen verdankte. Genau wie Daddy sie nach Angelina Jolie benannt hatte, einer dürren Schwarzhaarigen, mit der dieser Pitt ein paar Jahre rumgemacht hatte. Daddy und seine Schwäche für Filme und Hollywood!

In der Nähe von Gera passierten sie inmitten einer langen Reihe von LKWs das Hermsdorfer Kreuz. Ortsnamen wie Lederhose, Triptis und Dittersdorf zogen vorbei. Alle klangen nach Einöde. Genau richtig für sie, hier würden die Bullen bestimmt nicht nach ihnen suchen. Die Abfahrt Bad Lobenstein kam in Sicht.

»Fahr runter.« Angelina schnippte eine neue Zigarette aus der Packung, zündete sie an und schob sie Brad zwischen die Lippen, dann nahm auch sie sich eine. Schweigend rauchten sie, während Brad das Hymermobil auf die Landstraße steuerte. Rechts und links zogen sich Felder dahin, auf denen der Raps in voller Blüte stand. Seine sonnengelbe Farbe erinnerte Angelina an den Spannteppich der Grunewalder Familienvilla, nur dass der inzwischen mit roten Flecken übersät war.

»Wohin willst du eigentlich?«, fragte Brad.

»Quatsch nicht, fahr einfach.«

»Bestimmt bleibt diese Schrottkarre jeden Moment stehen. Der Porsche hingegen – mit dem wären wir schneller. Du hättest auf mich hören sollen.«

»Damit sie uns sofort schnappen?« Angelina tippte sich an die Stirn. Brad war zwar schön, aber nicht der Hellste.

Das goldfarben lackierte Cabrio ihres Vaters zog überall Blicke auf sich. Damit wären sie schon längst aufgefallen. Eigentlich hatten sie per Zug abhauen wollen, aber dann hatte sie das Wohnmobil gesehen. Neben dem Berliner Hauptbahnhof hatte es am Straßenrand gestanden, einsam und verlassen und nicht einmal abgeschlossen. Sie und Brad also rein und ab damit.

Brad deutete auf ein Hinweisschild am Straßenrand. »Hier gibt es einen Campingplatz.«

»Den gucken wir uns mal an.«

»Aber nur eine Nacht, okay?«

Angelina nickte. Brüderchen wollte ans Meer, ihr hingegen war es egal, wo sie blieben. Hauptsache, sie wurden nicht entdeckt. Erst jetzt gestand sie sich ein, dass sie es irgendwie verkackt hatten, denn statt planvoll zu handeln, hatten sie sich von der Situation hinreißen lassen. Genau betrachtet war es kein großes Ding gewesen. Wie immer hatte Brad Geld gewollt. Zwar kümmerte Daddy sich nicht besonders um sie, aber er gab ihnen alles, was sie forderten. Bisher jedenfalls, denn dieses Mal hatte er sich geweigert. Weil es Zeit wäre, endlich erwachsen zu werden. Dabei hatte er geguckt wie ein Weihnachtsmann, der bösen Kindern die Wünsche aus dem Kopf hämmerte, und irgendwas von Sparen gemurmelt. Obwohl in dem geöffneten Safe hinter ihm genügend Kohle war. Wie gebannt hatte Brad darauf gestarrt.

Und dann hatte sich auch noch die Alte eingemischt. Die Alte war Vaters neue Frau, eine Aufgebrezelte mit stark blondierten Haaren und mit gemachten Titten namens Grace. Grace wie Grace Kelly, nur nicht so hübsch. Bestimmt war ihr Name der Grund, warum Daddy auf sie reingefallen war. Hollywood eben. Gracygirl hatte gesagt, dass es aus wäre mit Daddys Geschenken. Dass er nicht länger die Geldmaschine für seine ungeratenen Gören sei, und dann hatte sie noch mehr Scheiß gelabert, aber das war in dem ganzen Geschrei nicht zu verstehen gewesen. Da hatte Brad das Messer schon tief in Daddys Bauch gerammt.

Wer weiß, wie das Teil in Brüderchens Hände gekommen war, aber so ein Santoku, Made in Japan, war eine feine Sache. Mühelos konnte man damit Fleisch oder Fisch zerteilen. Und Daddy und Grace.

Angelina seufzte. Die Alten hatten es nicht besser verdient.

»Was ist los?«, fragte Brad.

»Wir sollten uns ein neues Auto besorgen.«

Brad nickte in Richtung der Tasche mit dem Zaster, die zwischen ihnen stand. »Einen Benz?«

»Vielleicht.«

»Rück mal was zum Trinken raus, Schwesterchen. Was Echtes.«

»Später.«

»Aber ich will sofort einen Schluck.«

»Jetzt nicht, habe ich gesagt.«

Wenn es nach Brad ginge, würde er pausenlos saufen, doch das konnte sie nicht zulassen. Das Brüderchen mochte sonst was anstellen, wenn sein Gehirn vernebelt war. Schon nüchtern fehlte ihm der Sinn für Realität.

Der Campingplatz kam in Sicht. Wie sich herausstellte, bestand er aus einem großen rechteckigen Gelände, dessen Zufahrt durch eine rot-weiß gestreifte Schranke begrenzt wurde. Sie war geschlossen, aber kein Problem für Brad. Ein Handgriff, und der Schlagbaum ließ sich nach oben drücken.

Am Rand der rechten Seite fanden sie einen Stellplatz abseits der anderen Camper. Kaum hatten sie sich eingerichtet, rollte neben ihnen ein silberglänzender VW-Transporter über die niedrige Buchsbaumhecke und parkte auf der Stellfläche ein.

»Sauber!« Brads Augen glänzten.

Der Fahrer der Silberkutsche stieg aus und streckte sich. Er war um die Fünfzig, hatte einen Kugelbauch und ein rundes Gesicht mit Doppelkinn. Irgendwie erinnerte er Angelina an ihren Vater.

»Hallo.« Er winkte ihnen zu.

Kurze Zeit später wusste sie genug, um den Dicken nicht zu mögen. Er hieß Marco, verkaufte Versicherungen und war zweimal geschieden. Die Kinder, es waren drei, lebten bei ihren Müttern. Weil er bei all der Arbeit keine Zeit für sie hätte, wie er sagte.

Während er laberte, hatte Angelina immer wieder seine Blicke gespürt. Sie kniff die Lippen zusammen. Notgeil, der Alte. Es fehlte nur noch, dass ihm Sabber aus dem Mundwinkel lief. Zum

Glück verschwand er bald darauf in seinem Protzwagen, und auch Brad und Angelina zogen sich in ihr Wohnmobil zurück, in erster Linie, weil Angelina nicht wollte, dass der Dicke den Zustand ihres Bruders bemerkte.

Wie sie es erwartet hatte, fing Brad im Wagen gleich wieder an. »Bitte Schwesterchen, ich muss was trinken, nur ein kleines bisschen.« Seine Hände zitterten.

»Reiß dich zusammen. Wenn du blau bist, hast du nur Grütze im Kopf. Wer weiß, was du anstellst.«

»Ich bleibe cool, Ehrenwort.«

»Ja, ganz bestimmt. Das letzte Mal hast du gedacht, dass du Batman wärst und fliegen könntest. Wenn du trinkst, fällst du aus dem Rahmen, die Leute erinnern sich an dich und dann findet uns die Polizei. Willst du das etwa?« Angelina verstaute das Geld in einem Fach über dem Bett.

»Hast du Hunger?«

»Nein.«

Hinter ihr raschelte es, und sie fuhr herum. Brad hielt eine Flasche in der Hand. Sie war mit einem dunkelgelb und schwarz gestreiften Stoffüberzug versehen und trug einen weißen Reißzahn als Schmuck. Ganz sicher ein Fundstück aus Daddys Bar. Weiß der Geier, wie es Brad gelungen war, die Flasche vor ihr zu verstecken.

»Was soll das?«, fauchte sie.

»Das ist *Wild Tiger Rum*, vierzig Umdrehungen. Mega!«

Bevor sie die Flasche an sich reißen konnte, hatte Brad sie an die Lippen gesetzt, und gluckernd lief der Rum durch den Flaschenhals in seine Kehle.

Plötzlich klopfte es.

Angelina erstarrte. Hatten die Bullen sie entdeckt? Vorsichtig lugte sie durch die Gardine. Doch nicht die Polizei stand vor der Tür, sondern der dicke

Marco, glotzend wie ein Schaf. Widerwillig öffnete sie.

»Ich komme mal rein, okay?« Der Dicke schob sich an ihr vorbei ins Innere des Wagens und schaute sich neugierig um.

Mit ihm machte sich eine Wolke Aftershave breit. Angelina tippte auf eine Mischung aus Rosenwasser und anderem süßen Zeug und rümpfte die Nase.

»Willst du etwa mein Schwesterchen flachlegen? Das wollen alte Säcke wie du doch immer.« Brad lachte schallend.

»Du bist betrunken, Junge.« Marco griff sich die Flasche und roch daran.

Ohne Vorwarnung blitzte Stahl in Brads Hand. Dann steckte das schöne Schweizer Taschenmesser, das sie ihm zum Geburtstag geschenkt hatte, bis zum Griff in Marcos Halsschlagader.

»Pfff«, machte der Dicke und brach zusammen. Reglos blieb er liegen. Brad ließ das Messer fallen und grölte *Eye oft the Tiger*.

»Bist du verrückt geworden?«, herrschte Angelina ihn an.

»Rocky, Schwesterchen, vom ollen Sylvester Stallone, klar? Unserm Alten hat so was gefallen.«

»Oh Mann.« Angelina schüttelte den Kopf. Sie mussten schnellstens weg. »Nimm deine Klamotten, wir ziehen um.«

Eine halbe Stunde später hatten sie ihr Zeug in Marcos Silberkutsche verfrachtet und sahen zu, dass sie auf die Autobahn kamen.

Brad saß auf dem Beifahrersitz und kicherte vor sich hin. »Der Dicke hat kaum geblutet.«

»Findest du das etwa komisch?«

Ein leises Schnarchen antwortete ihr. Brad lag zurückgelehnt im Sitz, den Mund leicht geöffnet, die Haare verstrubbelt. Er sah wie ein kleiner Junge aus. Sie ließ ihn schlafen und fuhr die halbe Nacht hindurch. Wurde sie müde, rauchte sie einen Joint. Zu mehr ließ sie sich nicht hinreißen, wenigstens einer von ihnen musste einen kühlen Kopf behalten, und dieser eine war sie. Brad hingegen … Eine Raststätte kam in Sicht. Als sie auf den Parkplatz fuhr, wurde Brad wach. »Wo sind wir?«

»Mitten in der Prärie. Ich halte nur kurz.«

»Kaufst du ein paar Bier?«

»Ich gehe bloß aufs Klo. Außerdem sollst du nicht trinken. Wenn du blau bist, wirst du gefährlich.«

»Bla, bla, bla.« Brad streckte ihr die Zunge raus.

Angelina verdrehte nur die Augen, verzichtete auf eine Antwort, stieg aus und lief zum Toilettenhäuschen.

Wie erwartet war das Ding versifft, aber es gab ohnehin keinen Grund, sich länger als nötig aufzuhalten. Kaum fertig, eilte sie mit langen Schritten über den Platz zurück. Schon von Weitem sah sie, dass Brad den Transporter verlassen hatte und neben einem Sattelzug mit einem Mann quatschte. Der Fremde trug eine schwarze Mütze und schwarze Lederklamotten. Typisches Dealeroutfit, wie aus einem dämlichen Film. Ihr schwante nichts Gutes, und tatsächlich: Der Fremde drückte Brad eine Flasche in die Hand. Sie spurtete los. »Was macht ihr da?«

»Bleib cool, ich habe noch mehr Stoff dabei«, sagte der Fremde, als sie vor ihm stand. Aus der Nähe sah er wie ein alter Uhu aus.

»Du lässt meinen Bruder in Ruhe, klar?«, zischte sie.

»Bist du etwa seine Aufpasserin?«

Angelina sah sich nach Brad um, doch der hatte sich davongeschlichen, und sie machte sich auf die Suche nach ihm. Nach einer Ewigkeit fand sie ihn bei einem Ginsterbusch am Rand der Parkbuchten, in der Hand die Flasche, die er von dem Uhu hatte. Sie war halb leer. Aufgebracht baute Angelina sich vor ihm auf. »Kannst du dich nicht mal zusammenreißen?«

»Echt geile Sache, dieser Gin.« Brad hielt ihr die Flasche unter die Nase.

Sie sah das Etikett. *Lone Wolf*. Einsamer Wolf. Pah, wer auch immer sich den Namen ausgedacht hatte – viel Fantasy schien er nicht zu haben.

»Ich bin einsam, aber stark. Stark und wild«, sang Brad vor sich hin.

Uhugesicht war Angelina zu dem Gestrüpp gefolgt und sagte: »Lass ihn träumen, Süße. Dadurch haben wir beide viel Zeit.« Er grinste dümmlich.

»Verpiss dich, du Penner.« Sie stieß ihn weg.

Unverhofft riss er sie an sich. Seine Finger gruben sich in ihre Oberarme, und vor Schmerz stöhnte sie auf. Dann hörte sie ein dumpfes Klong, und sie war wieder frei.

Zusammengekrümmt lag der Uhu vor dem Busch, im Kopf ein Loch, aus dem Blut und Gehirnmasse sickerte.

Brad stand direkt hinter ihm, in den Händen hielt er die Flasche, die bei dem Schlag zerbrochen war.

»Spinnst du?«, fuhr sie ihn an.

»Aber der hat dich angefasst, dieser Lauch! Ich wollte dir doch nur helfen. Hab mich angeschlichen, ganz leise. Er war die Beute, ich der Wolf. Alles safe, Schwesterchen. Du bist mir doch nicht böse?« Seine rehbraunen Augen füllten sich mit Tränen.

»Nein, natürlich nicht«, sagte sie schnell. »Ich hole uns mal Kaffee, dann verschwinden wir.« Eilig ging sie zu der Tankstelle am anderen Ende des Parkplatzes, in der sich auch ein Verkaufsstand befand. In den Scheiben der Tür sah sie ihr Spiegelbild. Ihre Haut

war grau. Kein Wunder, bei dem Är-
ger, den ihr Brüderchen immer wieder
machte. Sie sollte abhauen und ihn sich
selbst überlassen.

Am Tresen kaufte sie zwei Coffee to
go und balancierte sie zur Tür, da traf
sie ein Stoß, und einer der Becher fiel
zu Boden, während die braune Brühe
aus dem anderen auf ihrem T-Shirt landete. »Verdammt«, knurrte sie.

»Entschuldigen Sie bitte, das wollte
ich wirklich nicht.« Der Mann, der sie
angerempelt hatte, lächelte sie an. Er
hatte dunkelblaue Augen, einen Drei-
tagebart und war ziemlich groß. Was
für ein Typ, dachte sie.

»Ich schulde Ihnen was«, sagte der
Typ da auch schon, fasste sie am Arm
und zog sie zur Theke. Während die
Kellnerin die Becher auffüllte, erzählte
er, dass er es eilig hätte. Dann gab er ihr
seine Visitenkarte, nur für den Fall,
dass ihr Shirt durch den Kaffee ruiniert

wäre. Seine Versicherung würde den Schaden bezahlen.

Sie las, was auf der Karte stand: Dr. Tom Meier, Suchthilfe Klinik Salzburg, und dabei musste sie an Brad denken, der in der Silberkutsche auf sie wartete. Hastig verabschiedete sie sich.

Brad hatte es sich indessen wieder auf dem Beifahrersitz bequem gemacht und schlief, als wäre nichts passiert. Nachdenklich betrachtete sie ihn. Sie sollte ihn irgendwo unterbringen, wo er keine Dummheiten machen konnte. Vielleicht war es ein Wink des Schicksals, dass sie diesem Tom Meier ausgerechnet jetzt begegnet war. Mit hohem Schwung warf sie Brads Kaffeebecher aus dem Fenster und startete den Motor. Ihr Ziel hieß Österreich.

In Salzburg angekommen, suchte sie einen Stellplatz für das Fahrzeug, der in der Nähe des Klinikums lag.

Brad war inzwischen munter. »Sind wir schon in Italien?«

»Nein, aber bald in Sicherheit.«

»Ich habe Durst.«

»Mach mir keinen Stress, ich kenne jemanden, der dir hilft. Er ist Arzt, und du wirst bei ihm eine Kur machen, zur Entgiftung, okay?«

»Du redest Kacke.«

Angelina runzelte die Stirn. »Schau mal, wir müssen ein Weilchen von der Bildfläche verschwinden. Ein besseres Versteck als eine Klinik gibt es nicht.«

»Ich will aber nach Italien.«

»Na klar, doch ich habe mir alles genau überlegt. Erst die Entziehung, dann fahren wir ans Meer.«

Brad guckte sauer, aber davon ließ sich Angelina nicht beirren. Stattdessen suchte sie Tom Meier auf.

Der Doktor schien sehr erfreut zu sein, dass sie bei ihm auftauchte. »Wir kriegen Ihren Bruder bald wieder auf die Beine«, versprach er und brachte Brad in einen hellen Raum, der sich kaum von einem Hotelzimmer unterschied. An einer Wand stand ein Bett, an der anderen ein Schrank, und vor dem Fenster befanden sich ein kleiner Tisch und zwei Stühle. Wie Meier sagte, war es eines seiner Privatzimmer. Zutritt für andere verboten.

Angelina war sich sicher: Hier war Brüderchen gut aufgehoben.

Brad jedoch war anderer Meinung.

Als sie ihren Bruder am nächsten Tag besuchte, fand sie ihn mit mürrischem Gesichtsausdruck vor.

»Wo ist es?«, fragte er, ohne sie zu begrüßen.

»Wo ist was?«

»Was zu trinken.«

»Du kapierst es nicht, oder? Ich verschaffe dir einen Platz in diesem erstklassigen Schuppen hier, und du? Du hast nur deine beschissene Sauferei im Sinn.«

»Mann, du nervst.« Brad drehte das Gesicht zur Wand.

In Angelinas Hals steckte ein dicker Kloß. Ihr war, als hätte Brad alle Kraft aus ihr herausgesogen. Traurig schlich sie nach draußen.

In der Auffahrt zur Klinik lief sie Doktor Meier über den Weg. Er fragte, ob sie schon etwas zu Mittag gegessen hätte, und als sie verneinte, lud er sie in ein piekfeines Restaurant ein. Während sie speisten, erzählte er ihr alles Mögliche aus seinem Leben. Sie ließ ihn reden und hörte kaum zu. Erst als er davon sprach, dass er nach Peru auswandern wollte, und zwar schon bald, wurde sie hellhörig.

Das war ihre Chance! Sie musste den Mann nur dazu bringen, dass er sie mitnahm. Ein Kinderspiel für sie. Ihre langen blonden Locken, die blauen Augen und ihre aufregenden Kurven hatten bei Männern noch immer gewirkt. Normalerweise. Dieser Doktor hingegen schien blind zu sein. Er blieb ungewöhnlich distanziert, sie bekam nicht einmal einen Kuss.

Als sie Brad später davon erzählte, brach der in Tränen aus. »Du willst einen Mann?«

»Eine Familie – das ist alles, was ich will.«

»Aber du hast doch mich. Ich bin es, um den du dich kümmern musst, das hast du schon immer gemacht. Weißt du noch, wie du mich früher genannt hast? Mein Bambi – das hast du immer zu mir gesagt.«

»Früher ist aber nicht heute, du bist erwachsen.« Dieses Mal würde sie hart bleiben. Jetzt ging es um sie, ihr Brüderchen musste allein klarkommen.

»Wenn du das durchziehst, erzähle ich dem Doktor, dass du Daddy und die anderen umgebracht hast«, schrie Brad.

»Das war nicht ich, das warst du, schon vergessen?«

»Na und? Er wird mir alles glauben, warte es nur ab.« Brads Augen wurden schmal. »Bring mir was zu trinken, und ich vergesse den Zwischenfall.«

Angelina musterte ihn und erschrak. Ihr Brüderchen ähnelte gar nicht mehr dem kleinen, niedlichen Jungen, den sie immer in ihm gesehen hatte, sondern einem abgewrackten Penner, echt übel, und jäh durchzuckte sie ein Gedanke. »Na gut, aber das ist das letzte Mal.«

Auf dem Weg zum Einkaufsmarkt feilte sie an ihrer Idee, und als sie den Markt erreicht hatte, stand ihr Plan fest. Zielstrebig suchte sie die Abteilung mit den Spirituosen auf. Whisky, Wodka, Korn – das alles hatte Brad schon mehr als genug gekippt. Sie brauchte etwas, das ihr Brüderchen noch nicht kannte. Etwas Neues.

Nach langem Grübeln entschied sie sich für einen Kräuterlikör namens Bockfieber, der laut Werbetafel einige Zusätze enthielt, die einen besonderen Genuss boten. Ein starkes Aroma von Bitterorange und Zitronenschale. Genau das hatte sie gesucht.

In der Apotheke nebenan erstand sie ein paar Medikamente: Tabletten gegen Schmerzen, Herz-Kreislauf-Pillen und Antibiotika. Zurück in der Silberkutsche schüttete sie alles in die Flasche mit dem dunkelbraunen Likör. Eine totsichere Mischung. Zufrieden machte sie sich zu ihrem Bruder auf.

Als sie Brads Zimmer betrat, fand sie Tom Meier vor. Er saß neben Brad und hielt dessen Hand. Bei ihrem Anblick guckte er erschrocken und sprang auf. »Jetzt sollte ich aber gehen, ich muss mich schließlich auch noch um andere

Patienten kümmern.« Ein Blick und ein knappes Nicken in ihre Richtung, dann war er fort.

»Hast du es?«, fragte Brad. Er sah um Welten besser aus als noch vor einer Stunde. Seine Wangen waren gerötet, die Augen glänzten.

Wortlos reichte sie ihm die Flasche.

»Du bist das beste Schwesterchen, das man sich wünschen kann.«

Brad verschwand in der winzigen Nasszelle. »Willst du auch einen Schluck?«, hörte sie ihn durch die geöffnete Tür rufen.

»Danke, mir reicht Leitungswasser.«

Ein Klirren und ein Wasserrauschen drangen zu ihr, dann erschien Brad in der Tür und reichte ihr ein Glas, das randvoll mit Wasser gefüllt war. »Auf Ex, Schwesterchen.«

Das Wasser schmeckte viel zu bitter, und noch während sie sich darüber wunderte, wurde ihr schlagartig klar, dass sie einen fatalen Fehler gemacht hatte. Dann kippte sie um.

Leise öffnete sich die Tür, und der Doktor schlüpfte herein. »Das Mittel wirkt schnell«, sagte er.

Brad nickte. »War echt easy. Schade, dass es mit ihr so enden musste, aber sie hat viel zu gern getötet.«

Meier beugte sich über Angelina und betrachtete sie, als wäre sie ein seltenes Insekt. »Bestimmt hätte sie auch mich irgendwann umgebracht. Spätestens wenn sie erfahren hätte, dass ich nicht sie, sondern dich liebe.«

»Oh ja, mein Schwesterchen konnte wirklich böse werden«, sagte Brad. »Und gefährlich. Dazu ständig dieses *Brad, lass das sein*. Oder *Brad, tu das nicht*. Das ging mir echt auf den Keks. Du hingegen – du willst mir wirklich helfen.« Er nahm ein frisches Glas, füllte es mit dem Bockfieber-Likör und gab es sanft lächelnd an Meier weiter.

»Trinken wir auf uns, auf die Freiheit und die Liebe. Danach ist Schluss mit dem Alkohol.«

»Versprochen?«

»Versprochen.«

Sie prosteten sich zu und leerten die Gläser bis auf den Grund.

Kochen mit Jochen

Jochen nahm einen Löffel und kostete. Dann nickte er. »Genauso muss eine gute Tomatensuppe schmecken.« Jeder Zentimeter an ihm verbreitete satte Zufriedenheit, angefangen von der makellosen Frisur über die schneeweißen Zähne bis hin zu den auf Hochglanz polierten Designerschuhen, die farblich auf die braune Kochjacke abgestimmt waren. Alles wirkte smart und angesagt, aber auch bodenständig.

Marina, die junge Beiköchin, wurde rot und himmelte ihn an. Blödes Weib, dachte er, ignorierte sie und schritt zum nächsten Arbeitsplatz, an dem Kai einen Fisch filetierte. Der junge Mann handhabte das Messer, als hätte er sein Leben lang nichts anderes getan.

Jochens Blick fiel auf die Pfanne, in der bereits ein paar Filets brutzelten. Er zeigte auf das Etwas, das neben dem Fisch im Öl schwamm und aussah wie die Spitzen eines Weihnachtsbaumes. »Was, bitte schön, ist das?«

»Maitrieb von Fichten«, sagte Kai. »Ich wollte was anderes ausprobieren.«

Eigeninitiative? In seiner Küche? Das fehlte noch. Jochen rümpfte die Nase. »Nimm das raus. Sofort. Experimente finden hier nur statt, wenn ich es ausdrücklich sage.«

In der gläsernen Wand hinter der Arbeitsstrecke sah er Kais Spiegelbild. Hatte der Hüpfer etwa eine Grimasse geschnitten? Jochen presste die Lippen aufeinander. Um den würde er sich kümmern müssen, später. Er kannte die Zeichen. Erst vergötterten ihn die Jungen, dann fielen sie ihm in den Rücken. Es wäre nicht das erste Mal, dass ein junger Koch selbstüberschätzt glaubte, ihn ablösen zu können.

Erst im letzten Jahr, da wollte doch einer seine Fernsehshow übernehmen. *Kochen mit Jochen,* heißgeliebt von jeder guten Hausfrau. Damals war es sein Meisterschüler Julian Hopf gewesen. War einfach zum Sender marschiert, der Judas, unter dem Arm ein neues Konzept: *Von Hopf in den Topf.* Was für ein bescheuerter Titel. Doch dann war Julian unverhofft von der Bildfläche verschwunden, quasi über Nacht.

Jochen grinste. Kurz darauf war seine neue Kollektion auf den Markt gekommen. Töpfe, Tiegel, Messer und Geschirr – was immer man in der Küche brauchte, und das hatte auch frischen Wind in sein Sternerestaurant gebracht. Das *Gourmetjochen* lag am

Stadtrand von Dresden in Langebrück und konnte Unterstützung durch eine Zusatzwerbung gut gebrauchen.

Und jetzt? Allmählich gingen ihm die Ideen aus. Im Grunde kam da Kais Fichtengedöns gerade recht, zu dumm nur, dass der Junge als erster daraufgekommen war.

Aber gegen den musste er ja ohnehin etwas unternehmen. Gewissermaßen wäre es ein Aufwasch. Erneut spielte ein dünnes Lächeln um seine Lippen.

Am Abend fand sich wie gewohnt das Produktionsteam der Fernsehsendung in der Küche des *Gourmetjochen* ein. Jana, die Redakteurin, drückte Jochen einen Stapel Briefe in die Hand. Einige waren mit Herzchen verziert, andere mit Abdrücken von Lippenstiften.

»Küsschen hier, Küsschen da«, sagte Jana. »Deine Zuschauerinnen lieben dich.« Gelangweilt nickte Jochen.

»Ich habe mir überlegt, dass du mit einem Partner an der Seite noch besser rüberkommen würdest«, fuhr Jana fort. »Es müsste jemand Jüngeres sein, jemand für das modernere Publikum.« Sie schaute zu Kai.

Jochen fuhr zusammen. Was hatte Jana geplant? Ein Konkurrent in seiner Show?

Der Kameramann gab ihm ein kurzes Zeichen. Der Dreh konnte beginnen.

Augenblicklich zwang sich Jochen ein Strahlen ins Gesicht. »Gut gekocht, ist halb gewonnen, wie man sagt. Ein herzliches Willkommen zu *Kochen mit Jochen*.« Er erklärte, dass er nur mit erstklassigen Produkten voll intensiver Aromen arbeitete. »Fichtensprossen an Fischfilet, meine Damen, das ist meine neuste Kreation.«

Der Kameramann nahm alles auf, frontal und von der Seite, wie immer in verschiedenen Szenen. Das musste nun mal sein. Jana nickte zufrieden, und nach knapp zwanzig Minuten war alles vorbei. Das Produktionsteam schwirrte ab.

Auch Beiköchin Marina applaudierte laut und verabschiedete sich dann. Kai guckte verbissen.

Heiß stieg es in Jochen auf. Er winkte Kai, dass der die Küche säubern sollte.

Aufgeräumte Küche, aufgeräumter Geist, hatte Mutter zu Lebzeiten stets gesagt. Und recht hatte sie gehabt. Nur wenn alles in Ordnung war, konnte er kreativ arbeiten und die Kochwunder vollbringen, die jedermann von ihm erwartete, auch er selbst. Denn noch etwas hatte Mutter ihm eingebläut: Es reicht nicht, an die Spitze zu kommen. Man muss sich dort auch halten. Erst dann hatte man es zu was gebracht.

Er war Koch geworden, weil er geglaubt hatte, das wäre der einfachste Weg, um reich und weithin berühmt zu werden. Essen musste schließlich jeder. Dass es eine Knochenarbeit war, hatte er schnell genug erfahren und auch, dass Gastronomiekritiker alle Erfolge zunichtemachen konnten. Deshalb hatte er so lange geackert, bis jemand vom Fernsehen auf ihn aufmerksam geworden war. Jana. Die Kochshow war eine riesengroße Verarsche. Statt live vor der Kamera zu arbeiten, wurden die Zutaten in Szene gesetzt, er medienwirksam mit ein paar Handgriffen am Herd gezeigt und letztendlich das bereits vorgekochte Gericht präsentiert. Eine Verarsche eben, aber ein gutes Geschäft, jedenfalls wenn er am Ball blieb.

Jochen stellte sich vor, wie es wäre, wenn seine Mutter noch leben würde. Stets hatte sie an ihm herumgenörgelt, jetzt aber wäre sie gewiss stolz auf ihn.

»Kann ich dich mal kurz sprechen? Jetzt gleich?«, unterbrach Kai seine Gedanken.

»Klar, ich hole nur ein Stück Fleisch. Ich habe Hunger, und das hier«, Jochen zeigte auf das kalte Fischgericht, »das kannst du allein essen.«

Er eilte durch die Küche in den Kühlraum. Dort lagerte er abseits von den anderen Lebensmitteln ein paar ganz besondere Leckerbissen. Nur er durfte sich daran vergreifen. Nachdem er die verschiedenen Packungen begutachtet hatte, entschied sich dann für eine, die fein gewürfelte Stückchen enthielt.

Zurück in der Küche setzte er einen Topf auf den Herd, gab das Fleisch hinein und füllte das Ganze mit etwas Brühe auf.

»Was soll das werden«, fragte Kai. Die Neugier in seiner Stimme war unüberhörbar.

»Geduld.« Schon bald würde er dem Jungen etwas Neues zeigen.

Keine halbe Stunde später drapierte Jochen ein kunstvolles Gemüsenest auf einem Teller und gab reichlich Ragout in die Mitte. »Bon appétit.« Er stellte den Teller vor Kai ab.

Dem schien es zu schmecken, denn er aß alles auf, sogar den Nachschlag, den er sich ungefragt nahm. »Ich muss zugeben, das war wirklich gut«, sagte er, als er fertig war. »Kann ich das Rezept haben?«

Jochen tastete nach dem Tranchiermesser, das hinter seinem Rücken auf der Arbeitsplatte lag. »Oh nein, daraus wird nichts, du würdest ohnehin nie meine Qualität erreichen. Das Fleisch, das du gerade verzehrt hast, ist extrem schwer zu bekommen.«

»Was soll daran so besonders sein? Wenn du es kaufen kannst, kann ich es auch.«

»Das glaube ich nicht. So eine Keule von einem Männchen gemischt mit Nackenstückchen von einem Weibchen muss man sich auf einem anderen Weg besorgen. Das Gericht heißt übrigens Ritas Ragout, nach meiner Mutter, Gott hab sie selig.«

Unvermittelt rammte er dem Jungen das Messer bis zum Heft in die Brust. Als Kai leblos am Boden lag, machte er sich daran, ihn zu zerteilen. Während er die Bäckchen auslöste, öffnete sich die Tür, und Marina kam herein.

»Was, zum Teufel, willst du hier?«, knurrte Jochen.

»Ich habe meine Tasche vergessen.« Marina starrte auf den Kopf in seiner Hand. »Ist das Kai?«

Sie wirkte weder verängstigt noch entsetzt. Normal war das nicht. Jochen runzelte die Stirn. »Lass es mich dir erklären.«

»Das musst du nicht. Ich weiß, dass er gegen dich gearbeitet hat, aber von mir hast du das nicht zu befürchten.« Sie stellte sich neben ihn, griff nach einer Filetierklinge und begann, dünne

Streifen aus Kais Lenden zu schneiden.

»Warum tust du das?«, fragte Jochen.

Marina drückte seine Hand. »Du bist der beste Koch, den ich kenne, und ich will ein Kind von dir. Wahrscheinlich liebe ich dich.«

»Wahrscheinlich?«

»Ich bin mir nicht sicher. Du hast mich noch nie wahrgenommen.«

»Das wird sich jetzt gewiss ändern.« Eindringlich sah er ihr in die Augen. Sie waren braun und hatten kleine helle Einsprengsel. Genauso hatten Mutters Augen ausgesehen. Liebe? Ein Kind? Pah! Er stieß zu.

Marinas Augen weiteten sich, Schock sprach aus ihnen.

»Hast du wirklich gedacht, dass ich einen Mitwisser dulde?«, fragte er. Mit kaltem Blick beobachtete er ihre letzten Zuckungen.

Marina antwortete nicht mehr, er hatte es auch nicht erwartet. Schließlich lag sie starr neben dem, was von Kai übriggeblieben war. Nachdenklich betrachtete er die zwei toten Körper. Du lieber Himmel, so viel frisches Fleisch. Die Nacht würde länger als gedacht werden, und während er sich an die Arbeit machte, reifte in seinem Kopf ein neues Rezept. Morgen würde er bei *Kochen mit Jochen* etwas Ausgefallenes servieren. Er hatte sogar schon einen wundervollen Namen dafür: Nierchen süß-sauer im Duett.

Das Spiel

Eduard Hornberg lehnte mit weit von sich gestreckten Beinen im Sessel und starrte auf die Mattscheibe. Sein Blick saugte sich am Mund der Darstellerin fest. Ihre Lippen waren blutrot wie die von Ina, seiner Ex, dieser Schlampe. Als sich die nackten Körper trennten, schüttelte er den Kopf. Er fühlte sich zutiefst betrogen. In seinem Unterleib war nur Leere, nicht die Entspannung, nach der er sich gesehnt hatte.

Er schaute auf seine Armbanduhr. Mitternacht. Ob es sich noch lohnte, auf die Straße zu gehen? Kaum.

132

Obwohl ... Er dachte an den ersten Sommertag des Jahres. Gleicher Ort, ein anderer Film. Damals war er nach dem Abspann wie ein Wolf durch die Stadt geirrt. Beim alten Kino hatte er die Studentin gesehen. Laut hatten ihre Absätze auf dem Pflaster geklackert, so schnell war sie gelaufen. Mit einem Handgriff hatte er sich die Mütze über den Kopf gezogen, dann war er aus dem Dunkel getreten. Die Kleine hatte sich geziert, genau wie Ina, die ihn damit immer zur Weißglut gebracht hatte. Ina hatte bezahlt, er wusste ja, wie man mit Weibern wie ihr umgehen musste. Pech für die Studentin. Er hatte ihr sein Messer gezeigt, da war sie still gewesen.

An den Tagen danach hatte er die Tagespresse studiert. Kein Wort, keine Nachricht. Vermutlich hatte sich die Kleine geschämt, zur Polizei zu gehen. Man wusste ja, wie das war: *Haben Sie*

den Mann gereizt? Vielleicht ermutigt?
Die trauten sich nie, ihn anzuzeigen.

Wieder schaute Eduard auf die Uhr. Sieben Minuten nach zwölf. Vielleicht hatte er wieder Glück.

Er stemmte sich aus dem Sessel und ging zur Tür. Im Hinausgehen griff er nach dem blauen Band, an dem sein Schlüssel hing.

Draußen war es still, aus der Ferne war das Quietschen rangierender Züge zu hören. Der Bahnhof war der einzige Ort, der niemals schlief.

Eduard lief in die linke Richtung die Schillerstraße entlang zum Theater. Er trat leise auf, man hörte seine Schritte kaum. Die Grünanlage vor der Schule kam in Sicht, umstanden von knorrigen Bäumen, die um diese Jahreszeit kahl waren. Das trockene Laub bildete einen Teppich auf dem Weg. Es raschelte, als er es mit den Füßen aufwirbelte, daher wich er auf die Wiese aus. Weiter ging es bis zu dem kleinen Park, der auf der einen Seite von der Klosterstraße, auf der anderen vom Hof der Grundschule begrenzt wurde. Ein Weilchen stand er einfach nur da und ließ den Blick über welke Pflanzen und verwitterten Stein schweifen. Die Stille war erdrückend, hier würde niemand vorbeikommen.

Also weiter zum Grünen Ring an der ehemaligen Stadtmauer. Eduard lief jetzt schneller, er rannte fast, und erst als er den Turm der Fleischerbastei sah, verlangsamte er seinen Lauf. Ehemals war auf dem Gelände die Gärtnerei der Stadt gewesen, jetzt war dort ein Lokal.

Das Restaurant lag im Dunkel, nur in einem Fenster brannte noch Licht. Als auch dieses erlosch, drückte er sich in den Schutz der großen Büsche, die das Gebäude umgaben. Die Eingangstür wurde geöffnet, und er sah eine Gestalt vor dem helleren Schein, der aus dem Innern drang. Die Gestalt bewegte sich.

Eduard erkannte einen Pferdeschwanz. Wild begann sein Herz zu hämmern. Eine Hitzewelle überrollte ihn. Gut so. Er duckte sich tiefer. Dann fiel die Tür zu, und die Frau verschmolz mit dem Schatten, den das Gebäude warf. Ein Schlüsselbund klimperte. Sie war also die Letzte, schloss das Lokal ab.

Plötzlich drehte sich die Frau zu ihm um, sie kam auf ihn zu. Er wusste, dass sie ihn nicht sehen konnte, trotzdem senkte er den Kopf, damit sich in seinen Pupillen kein verirrtes Licht spiegeln konnte. Vorsorglich hielt er die Luft an. Zwei Schritte vor ihm bog die Frau in Richtung Park ab. Tief atmete er aus. Ihm blieb nicht viel Zeit. Hatte sie erst einmal die Abfalltonnen passiert, war die Chance vorbei.

Eduard richtete sich auf und folgte ihr. Die Blumenuhr an der Südseite war mit Tannenzweigen und Zapfen geschmückt. Jede halbe Stunde spielten die Glocken aus Meißner Porzellan ein Lied. Jetzt stand der kleine Zeiger unter der Zwölf, der große fast auf der Sechs. Hoffentlich war das Geläut noch nicht abgestellt, doch plötzlich begannen die Glocken zu scheppern. Eine bessere Gelegenheit gab es nicht, die Töne würden jedes Geräusch überdecken.

Eduard rannte los.

»Menschen, Eddie«, sagte der dürre Lutz Krämer und tippte mit dem Zeigefinger auf die Lokalseite der Sächsischen Zeitung. »Was muss das bloß für ein Typ sein. Ein normaler Kerl geht in den Puff, wenn er keine Alte hat.«

Lutz Krämer und Eduard Hornberg waren Kollegen, sie saßen Tisch an Tisch und teilten sich ein Büro in der Zittauer Bußgeldstelle.

Krämer hielt ihm die Zeitung unter die Nase, so dass Eddie die Schlagzeilen lesen konnte: Überfall mitten in der Nacht - Frau belästigt – Vergewaltiger entkommt unerkannt.

»Sadistenschwein«, sagte Eddie und tastete unter dem Tisch nach seinem Schritt. Unvermittelt schoss ihm Hitze in den Schoß, und er schlug die Beine übereinander.

»Kurzen Prozess sollte man mit dem machen. Ein Strick und Schluss. Oder eine Kugel.« Krämer nahm seine Brille ab, hauchte auf die Gläser und wischte sie mit einem Taschentuch blank. Er wiederholte diese Prozedur mehrere Male.

Eddie schaute ihm dabei zu. Was konnte er denn dafür, dass die Weiber keinen Spaß mit ihm hatten? Dabei gab er sich doch Mühe.

»Oder unters Beil mit dem, wie bei den Franzosen. Im Mittelalter, weißt du? Da hatten die so ein Teil, die Gio... das Fallbeil eben.«

»Guillotine«, brummte Eddie.

Lutz Krämer hatte es nicht so mit Fremdwörtern.

»Egal«, sagte der da auch schon und schob die Brille zurück auf seine Nase. »Hauptsache, der Kerl leidet so richtig. Auge um Auge, Blut um Blut.«

Auch mit Zitaten hatte Krämer nichts am Hut.

»Die Frau konnte das Schwein nicht beschreiben. Aber die Polizei hat seine DNA-Spuren. Es wird nicht lange dauern, bis sie ihn schnappen, und dann kriegt er seine Strafe.« Krämer stopfte die Zeitung in den Papierkorb.

Eduard nickte bedächtig. DNA-Spuren? Pfff. Was besagte das schon. Dazu mussten die Bullen Vergleichsmaterial haben. Er war nirgends registriert, das wusste er genau.

Maria Wolland, die Neue von der Wohngeldstelle, steckte ihren Lockenkopf durch die Tür: »Habt ihr schon gehört? Die Vergewaltigung ...«

»Klar.« Die Männer antworteten wie aus einem Mund.

»Ich kenne die Frau. Na ja, kennen ist vielleicht zu viel gesagt. Jedenfalls hat sie uns bedient, meinen Sven und mich, als wir letzte Woche dort essen waren.«

Eddie bemühte sich, sehr betroffen zu gucken. Ob die dralle Maria auch so herumschreien würde wie die Weiber auf der Straße? Bestimmt nicht. Die sah aus, als hätte sie richtig Spaß am Leben. Vielleicht, wenn er sie fragen würde …

»Ach Gott, es ist gleich neun.« Maria schloss die Tür.

Um neun begann die Sprechstunde. Auch Eddie hatte eine Menge zu tun. Er bearbeitete Einwände, Beschwerden und Klagen. Es gab immer Chaoten, die sich mit ihm streiten wollten, wenn er sie beim Falschparken erwischt hatte. Dabei sollte jeder Autofahrer wissen, wo man parken durfte. Die Paragrafen der Straßenverkehrsordnung gehörten schließlich zur Ausbildung, wenn man einen Führerschein machte. Ginge es nach ihm, müssten Verkehrssünder die Fahrerlaubnis für immer abgeben.

»Ich mache mich ebenfalls auf den Weg«, sagte Krämer und packte einen neuen Block Strafzettel in seine Tasche.

Kaum war er weg, sichtete Eddie die Post. Danach loggte er sich in das Computerprogramm ein, druckte ein paar Bußgeldbescheide aus, lehnte zwei Widersprüche ab und beschloss für einen notorischen Raser eine Nachschulung zum Punkteabbau. Bis zur Mittagszeit hatte er gut zwei Drittel seines Tagespensums erledigt.

In den nächsten zwei Wochen fühlte sich Eddie gut. Manchmal dachte er an die Kellnerin. Wie sie gezappelt hatte, als er ihr die Kehle zugedrückt hatte. Was musste sie auch herumschreien. Blödes Weib. Eines Abends streckte er die Beine aus und lümmelte sich tiefer in seinen abgewetzten Sessel. Sein Blick fiel auf die Tageszeitung. Gewöhnlich las er sie im Büro, doch heute hatten sich die Falschparker die Klinke in die Hand gegeben, die reinste Hölle war der Tag gewesen. Einziger Lichtblick war Maria Wolland in dem hellgelben Pullover, der ihre zwei großen Vorzüge besonders hervorhob.

Er schlug die Zeitung auf. Die Suche nach dem Vergewaltiger gehörte noch immer zu den Presse-Themen, doch die Berichte waren inzwischen kürzer. Die Polizei hatte zu einem DNA-Massentest aufgerufen, einem freiwilligen. Natürlich hatte er nicht darauf reagiert. Wenn ihn die Bullen drankriegen wollten, mussten sie ihm einen Gerichtsbeschluss vorlegen, und den gab es bislang nicht. Außerdem – was hatte er denn schon getan? Der Alten war ja nichts passiert.

Auf Seite drei stach ihm eine Anzeige ins Auge. Gelb leuchtete sie aus dem üblichen schwarz-weiß, und er musste erneut an die üppige Maria denken. Übermorgen fand die Abschlussfeier zum Jahresende statt, und aus jedem Bereich war ein Vertreter eingeladen. Dieses Jahr war Krämer dran. Erst ging es in den *Bierkeller* zu Glühwein und Stolle, danach mit der Schmalspurbahn nach Oybin, wo man die Klosterruine besichtigen wollte. Anschließend hatte der Oberbürgermeister im besten Hotel am Platz einen Absacker geplant. Dort sollte dann auch gleich übernachtet werden. Vielleicht würde Maria dabei sein. Wie sich ihre Haut wohl anfühlen mochte? Bestimmt war sie glatt und weich.

In der Nacht hatte es geschneit. Eddie hatte unruhig geschlafen. Nun saß er im Büro und starrte an dem mickrigen

Gummibaum vorbei aus dem Fenster. Krämer blätterte in einer Akte und schniefte vor sich hin. Ab und zu nieste er kräftig. Dann zuckte Eddie jedes Mal zusammen. Krämer dachte nicht daran, die Papiertaschentücher zu benutzen, die er ihm über den Tisch hinweg zugeworfen hatte. Als ein erneuter Niesanfall einige Tröpfchen auf der aufgeschlagenen Akte verteilte, schloss Eddie angewidert die Augen. Gott, der Krämer hatte wirklich kein Benehmen. »Du solltest zum Arzt gehen«, sagte er leise.

»Ausgeschlossen.« Krämer zog den Naseninhalt hoch. »Die Abschlussfeier, weißt du doch.«

»Und deine Gesundheit? Die dürfte dir wichtiger sein.«

»Aber ich habe Maria versprochen, mich ein wenig um sie zu kümmern. Sie ist doch noch neu und kennt keinen weiter außer mir.«

Und mir, dachte Eddie. Er drehte seinen Kugelschreiber zwischen den Fingern. »Wenn es nur das ist, das kann ich übernehmen. Du könntest dann nächstes Jahr an der Feier teilnehmen und übernächstes auch.« Er zeigte mit dem Kuli auf Krämers Gesicht. »Du siehst richtig krank aus, deine Augen sind ganz geschwollen.«

»Ach was, bis morgen ist das längst wieder weg.«

Aber auch am nächsten Tag sah Krämer nicht besser aus. Eddie musterte die zugeschwollenen Augen und die rote Nase und schüttelte den Kopf. »Du solltest dich endlich auskurieren, sonst fängst du dir noch was Chronisches ein. Mach dich heim, ich halte hier die Stellung.«

»Und Maria?«

»Um die kümmere ich mich. Sie wird es verstehen, glaub mir. Frauen wollen doch, dass es uns Männern gut geht, was?«

Da gab Lutz Krämer schließlich nach und ging nach Hause.

Eddie konnte sich kaum richtig auf seine Arbeit konzentrieren, so sehr war er in Gedanken bei dem Abend. In der letzten Woche hatte er versucht, Maria zu einem Treffen zu überreden, doch die hatte strikt abgelehnt. Von Krämer wusste er, dass sie auf intelligent aussehende Typen stand. Typen mit Brille und Krawatte. Hosenscheißer, die.

Vielleicht half es, dass er sich von seinem Bruder ein weißes Hemd und ein Jackett geliehen hatte. Die Sachen hingen auf dem Kleiderständer neben der Tür. Nach Dienstschluss würde er sie überwerfen.

Der Tag zog sich wie Gummi dahin. Immer wieder schaute Eddie auf die Uhr. Wie lange dauerte das denn bloß, bis er Feierabend hatte?

Um sich abzulenken, sortierte er die Kugelschreiber in der Schale nach ihrer Größe, richtete Notizblock und Locher parallel zueinander aus und zählte die Büroklammern.

Endlich war es um vier. Kaum hatte er das Jackett übergezogen, kam Maria zur Tür herein.

»Wo ist Lutz?«

»Den hat's erwischt, eine Erkältung, ziemlich schwer. Aber keine Bange, du musst nicht allein zur Party gehen. Ich komme mit.«

»Prima.« Maria lächelte Eddie zu. Sie trug eine rostrote Bluse, deren oberen Knöpfe geöffnet waren, so dass Eddie den Ansatz ihrer Brüste sehen konnte. Rattenscharf, dachte er zum wer weiß wievielten Male in letzter Zeit.

Auf der Rathaustreppe trafen sie auf mehrere Kollegen. Zobel von der KFZ-Zulassung, die lustige Ilse Labister aus dem Bürgerservice und zwei streng blickende Mitglieder des Personalrates, bei deren Anblick Eddie tat, als hätte er sie nicht gesehen. Seit er vor einem Jahr einen Verweis gefangen hatte, wollte er mit diesen Verrätern nichts mehr zu tun haben. Angeblich wäre er zu spät zum Dienst erschienen, das hatte ihm Bohnig, der Chef, vorgeworfen, und diese Kollegenschweine hatten ihn noch darin bestärkt. Dabei hätten sie zu ihm halten müssen. Wozu sonst war er wohl in der Gewerkschaft?

Maria nickte lächelnd in die Runde, doch Eddie ließ ihr keine Zeit und zog sie nach draußen.

Die Straßen waren mit matschigem Schnee bedeckt, unter dem an manchen Stellen Eis glitzerte. Maria hakte sich bei Eddie unter. Durch die Jacke konnte er ihre weiche Brust an seinem Ellenbogen spüren, und er zog sie ein wenig enger an sich. Sie schien nichts dagegen zu haben und lachte zu allem, was er sagte. Ihr Atem roch nach Alkohol, vermutlich hatte sie vor der Party im Büro vorgeglüht. Eddie selbst trank selten, aber falls Maria einen Schwips bekam, würde es ihm seinen Plan erleichtern. Besoffene zickten selten herum.

Sie liefen die kurze Strecke über den Platz zum *Bierkeller*. Vor dem Eingang stampfte Eddie ein paar Mal auf, um seine Schuhe vom Matsch zu befreien, dann hielt er Maria die Türe auf, und sie traten ein. Drinnen steuerte er einen Vierertisch an, an dem zwei Auszubildende saßen, die sich intensiv mit ihren Handys beschäftigten und kaum Lust auf ein Gespräch haben würden.

Eddie schob Maria den Stuhl zurecht und winkte die Bedienung heran.

»Zwei Gläser Sekt, bitte«. Auf Stolle und Glühwein verzichtete er. Der Sekt kam sofort.

Maria prostete Eddie zu. »Ich wusste gar nicht, dass du ein Gentleman bist.«

»Ich habe viele Vorzüge.« Tief sah er ihr in die Augen. Sie hatte Pünktchen auf der Iris, wie der Bernstein, den er als Kind in den Urlauben an der Ostsee gesammelt hatte.

Die Zeit verging wie im Flug. An den Nachbartischen wurden schon Stühle gerückt. Auch die beiden Jugendlichen standen auf. Es ging los, am Bahnhof wartete die Schmalspurbahn, die sie nach Oybin bringen sollte.

Eddie half Maria in ihre Jacke, dann folgten sie Arm in Arm den anderen zur Bahnhofstraße nach. Kurz vor dem Abfahrtspfiff des Schaffners stiegen sie als letzte auf den Perron. Die Dampflok pustete eine dicke Wolke gen Himmel. Es roch nach Kohlen und Holz und ein wenig nach Schnee.

Eddie schob Maria in den Waggon und zu einem Fensterplatz. Es war geheizt, und er knöpfte seinen Anorak auf, trotzdem begann er zu schwitzen.

Vielleicht lag das aber auch an Maria. Sie hatte die Jacke ausgezogen, und um besser aus dem Fenster sehen zu können, saß sie ein wenig nach vorn gebeugt. Eddie konnte den Blick kaum von ihrem Ausschnitt abwenden. Bei jeder Station rückte er ein Stück näher an sie heran. Haltepunkt, Zittau-Süd, dann die Vorstadt. In Olbersdorf saß er nur noch auf der Kante seines Sitzes, und kurz darauf wechselte er auf Marias Seite hinüber. Im Büro hatte er eine Piccolo-Flasche Rotkäppchensekt eingesteckt. Jetzt nestelte er sie aus der Tasche. »Lass uns noch etwas trinken.« Er schraubte den Verschluss auf und hielt Maria die Flasche hin.

»Du bist wirklich ein Gentleman.« Maria nahm einen großen Schluck.

Als der Zug den Bertsdorfer Bahnhof verließ, legte Eddie den Arm um ihre Schultern. Die Lokomotive schnaufte, der Zugführer läutete die Glocke, die

Bahn wurde langsamer, und es ruckte ein paar Mal. Marias Kopf stieß leicht an Eddies Kinn, er konnte ihre Haare riechen. Sie dufteten nach Honig.

Eddie schluckte. Wenn sie nur schon da wären! Der Ausflug auf den doofen Berg konnte ihm gestohlen bleiben, er musste Maria sofort ins Hotel bringen.

Niederdorf, dann Teufelsmühle und dann die Endstation.

Maria setzte die Flasche an und trank sie aus. Als sie aus der Bahn stieg, schwankte sie ein bisschen. Sofort war Eddie an ihrer Seite. Einen Moment lang presste er sie an sich, doch als er in ihre aufgerissenen Augen sah, ließ er sie schnell los. Sie hatte selbst gesagt, dass er ein Gentleman war.

Auf dem Bahnsteig sammelten sich die Kollegen. Der Oberbürgermeister stand in ihrer Mitte, er war fast zwei Meter groß und überragte sie in gutes Stück. Seine Hände wiesen nach rechts, wo eine Straße zum Oybiner Berg führte. Offensichtlich sagte er etwas. Eddie konnte ihn nicht verstehen, doch die Massen setzten sich in Bewegung.

Maria zog Eddie hinterher. Hier oben war der Schnee nicht so matschig wie in der Stadt. Weiß leuchtete er auf den Straßen und Wegen und auch in den Vorgärten der Umgebindehäuser.

»Fühl mal, wie kalt es ist.« Maria drückte ihm einen Schneeball in die Hand.

Bevor er zerschmelzen konnte, warf Eddie ihn an den Mast einer Laterne. Treffer.

»Sportlich bist du also auch.«

Davon würde sie sich schon bald überzeugen können.

Der Pulk der Kollegen hatte sich weit auseinandergezogen. Jeweils zu zweit oder zu dritt wanderten sie vor Eddie und Maria her zum Berg. Der Kopf des Oberbürgermeisters ragte aus einer kleinen Gruppe, die bereits am Oybin angekommen war und mit dem Aufstieg zur Klosterruine begann.

Auch Eddie und Maria hatten den Zugang bald erreicht.

Auf halber Strecke erhob sich die Bergkirche. Die zu ihr führenden Steinstufen waren in der Mitte vom Schnee befreit. Nur am Rand türmte er sich zu kleinen Hügeln.

»Wir sollten uns in der Kirche aufwärmen, ehe wir weiter hinauf zur Klosterruine steigen«, sagte Eddie und schob Maria vor sich her durch die Kirchentür. Dumpf fiel hinter ihnen die Tür ins Schloss. Sie waren allein.

Eddie musterte Maria, die wie gebannt auf die Malereien an den Wänden starrte. Langsam hob er die Hand und streichelte ihre Wange.

»Was machst du da?« Sie lächelte.

Er riss sie an sich und vergrub das Gesicht in ihrem Haar. Hastig zerrte er am Reißverschluss ihrer Skijacke. Die Jacke sprang auf, und er fuhr tastend unter Marias Bluse. Ein Ratschen. Der Stoff zerriss. Ein Knopf kullerte auf den Boden und rollte davon.

»Spinnst du? Lass mich los!« Maria trommelte mit den Fäusten auf seinen Armen herum.

Er stieß sie zu einer der hölzernen Bänke, auf der sonst die Besucher der Andachten saßen.

Ihr Kopf knallte an die Lehne, und sie schrie.

Warum mussten die Weiber immer herumbrüllen? Einen Augenblick lang war er nicht bei der Sache, dann sah er ihre ausgestreckten Finger auf sich zukommen, und gleich darauf ließ ihn der Schmerz aufheulen. Das Miststück hatte ihm in die Augen gestochen.

Sie wollte an ihm vorbei, doch es gelang ihm, einen Zipfel ihrer Jacke zu packen. Maria trat nach ihm, riss sich los und rannte zur Tür. So schnell er konnte, stürzte er ihr nach.

Draußen war es stockdunkel. Er kniff die Augen zu schmalen Schlitzen zusammen.

Maria rannte die felsigen Stufen hinab. Dicht neben der Treppe gähnte der Abgrund, aus dem Tannenwipfel bis an das Geländer hinaufreichten. Schnee lag auf ihren Zweigen, Schnee auch auf dem Gestein.

Eddie hielt sich am Rand, wo der Schnee seine Schritte dämpfte. Schnell holte er auf, rückte näher und näher. Maria hatte die Jacke übergeworfen. Wie eine Fahne wirbelte sie hinter ihr her. Er streckte die Arme aus, schon konnte er den Stoff berühren, da fühlte er, wie seine Füße den Tritt verloren. Er stürzte, rollte sich instinktiv ab, sprang aber schnell wieder auf. Der Weg vor ihm war leer. Gottverfluchter Mist. Wo hatte sich das Weib versteckt?

Dann sah er die Spuren ihrer Schuhe im Schnee. Schnurgerade führten sie auf den Abgrund zu. Eddie beugte sich über das Geländer, aber von Maria war nichts zu sehen.

Er strich sich die Haare aus der Stirn. Was, zur Hölle, sollte er jetzt machen? Sein Herz hämmerte wie verrückt.

Bleib ruhig und atme.

Man würde ihm Fragen stellen, ihm zuerst. Na gut. Maria hatte sich ihm an den Hals geworfen, und weil er sie abgewiesen hatte, war sie in den Abgrund gesprungen. Er schüttelte den Kopf. Viel zu unwahrscheinlich. Seine Hände zitterten.

Bleib ruhig, konzentriere dich.

Maria hatte zu viel getrunken, und da war sie auf der Treppe ausgerutscht. Schon besser. Er sollte endlich Hilfe holen.

Eddie rannte die Stufen hinab. Unten kamen ihm mehrere Männer entgegen.

Er erkannte Ulrich Zobel von der KFZ-Zulassung, der hatte sich also auch um die Rede in der Klosterruine gedrückt. Schwer atmend stürzte er auf ihn zu.

»Maria ist abgestürzt. Wir müssen Hilfe holen. Beeil dich, schnell.«

Da machte Zobel einen Schritt zur Seite. Maria tauchte hinter ihm auf. Ihr Gesicht war von Schmutz und blutigen Kratzern übersät.

»Wie …«, stotterte Eddie.

»Da staunst du, was? Der Wind hatte sich in meiner offenen Jacke verfangen und meinen Sturz abgebremst. Zum Glück, sonst wäre ich jetzt vielleicht tot, und das nur wegen dir, du Schwein.«

Zobel machte einem der Männer ein Zeichen. Sie kamen näher. Eddie warf sich herum, doch zu spät.

Es dauerte zweiundvierzig Tage, bis Eddie verurteilt wurde, es war eine aufsehenerregende Zeit. Plötzlich war er berühmt. Fünfeinhalb Jahre Knast, das war die Strafe, doch er war es zufrieden, denn nun hatte er genug Zeit, um seinem neuesten Hobby zu frönen, dem Schreiben von erotischen Geschichten, wie sein großes Vorbild, der Marquis de Sade.

Atemlos durch den Schacht

»Harry, hast du schon deine Tabletten genommen?«

Elviras schrille Stimme ließ Harald zusammenzucken. Wie jeden Morgen saßen sie halb acht am Frühstückstisch in der Küche ihres Bauernhauses, und Tag für Tag spielte sich das Gleiche ab. Morgens fand Harry seine Frau viel zu munter. Er hob die *Freie Presse* höher vors Gesicht und tat, als hätte er Elvira nicht gehört.

»Harry?«

Langsam schlug er die nächste Seite auf.

160

»HARRY! Deine Tabletten. Ob du sie genommen hast, will ich wissen.«

»Ja doch.« Wie das nervte, sie sollte endlich Ruhe geben, doch der Ton in ihrer Stimme warnte ihn, ernsthaft zu widersprechen.

»Nie hörst du mir zu«, fuhr sie fort. »Dabei meine ich es nur gut mit dir. Wenn du die Medizin vergisst, wirst du krank. Willst du etwa sterben?«

Wie immer musste sie übertreiben! Sorgfältig faltete er die Zeitungsseiten zusammen, schnitt ein Weizenbrötchen auf und belegte es dick mit Wurst.

Sofort erschienen auf Elviras Stirn tiefe Falten. »Bei deinem Bauch wäre Obst gesünder.«

Mit einem Krachen barst die Kruste des Brötchens unter Harrys Zähnen.

Elvira stand auf und räumte den Tisch ab. Die Brötchen verschwanden im Küchenbuffet, das schon ihren Großeltern gehört hatte, wie fast alle

Möbel im Haus. Marmelade, Salz und Pfeffer folgten, auch das Senftöpfchen aus Keramik. Dann griff sie nach dem Holzbrettchen, auf dem der Aufschnitt lag.

»Ich bin noch nicht fertig.« Schnell schnappte er sich den Knackwurstring. Das fehlte noch, dass er sich von ihr das Frühstück vermiesen ließ.

»Denk wenigstens an die Tabletten.« Elvira legte die restliche Wurst in den Behälter aus Kunststoff und knallte die Kühlschranktür zu.

Harry säbelte eine weitere Scheibe von der Knackwurst ab und steckte sie in den Mund. Genüsslich kaute er. Die Wurst von seinem Lieblingsfleischer in Marienberg war die beste im ganzen Erzgebirge. Ginge es nach ihm, würde er nichts Anderes mehr essen. Leider mischte sich Elvira in seinen Speiseplan ein. Das hatte es früher nicht gegeben. Zu Beginn ihrer Ehe war sie noch sein kleines liebevolles Frauchen gewesen. Mein Krümelchen hatte er sie genannt, doch nun war aus dem Krümelchen ein regelrechter Brocken geworden. Nicht körperlich, darauf achtete sie genau. Aber wie sie seit einiger Zeit mit ihm umsprang – kotzbrockenmäßig eben.

Harrys Blick fiel auf die Schlagzeile auf dem Deckblatt der Zeitung. *Drama in Zwickau. Ehemann erschießt seine Frau.*

Elvira kam zurück, in der Hand ein weiches Tuch, mit dem sie über die Küchenschränke wirbelte. Das machte sie nur, um ihn zu ärgern. Staub gab es hier kein bisschen, denn regelmäßig wurden die Möbel von Elvira poliert, bis sie glänzten. Während sie das Radio abwischte, drehte sie den Lautstärkeregler auf und sang laut mit: »Atemlos durch die Nacht …«

»Muss das sein?«

Abrupt brach Elvira ab und wandte sich ihm zu. »So geht es nicht weiter,

Harry. Wir müssen reden, über dich und mich und darüber, was aus uns beiden werden soll.«

Um Himmels Willen, nur das nicht. Etwas Schlimmeres als Beziehungsgespräche gab es nicht. Seine Finger trommelten auf die Titelseite. *Ehemann erschießt seine Frau.* Als er sich seiner Geste bewusst wurde, verschränkte er die Arme.

»Du gibst dir überhaupt keine Mühe mehr«, redete Elvira weiter. »Was waren wir früher unterwegs: zum Tanzen, im Kino oder auch im Theater. Und wir haben Ausflüge gemacht, an jedem freien Tag, erinnerst du dich? Jetzt dagegen sitzen wir nur noch zu Hause herum. Weil du inzwischen zu faul geworden bist. Entweder du änderst dich endlich oder …« Sie brach ab und schnäuzte sich in das Staubtuch, das sie noch immer in der Hand hielt.

»Oder was?«

»Oder ich gehe.« Elvira schniefte und ließ das Tuch sinken. »Noch besser, ich bleibe, und du verschwindest von hier. Schließlich ist das mein Elternhaus.«

In Harrys Magengegend formte sich ein Klumpen. Heiß wallte es nach oben. »Aber ich will doch mal wieder etwas mit dir unternehmen«, stotterte er. »Morgen schon.«

»Das sagst du doch nur, um mich zu beruhigen.«

»Nein, ehrlich. Morgen wollte ich mit dir wandern gehen und wie früher die Unterwelt erkunden.«

Vor Jahren waren sie fast täglich in der Marienberger Gegend unterwegs gewesen und hatten nach verlassenen Bergbaustollen gesucht. Harry hatte an der Freiberger Bergakademie studiert. Die Liebe zum Gestein lag ihm im Blut, und im Laufe der Jahre hatte er eine Sammlung an Mineralien angehäuft, auf die er stolz war. Jedes Mal war er unter Tage fündig geworden, denn im Revier in und um Lauta wimmelte es nur so von Einstiegsmöglichkeiten und Mundlöchern, die in die Stollen hinab führten. Einige waren nur notdürftig versperrt oder nicht einmal das.

Mit träumerischem Ausdruck faltete Elvira das Staubtuch zusammen und steckte es in die Schürzentasche. »Ich will schon so lange mal wieder zu den Halden.«

Die Halden bestanden aus Bergbauabraum, der nicht verwendet werden konnte. Abfall gewissermaßen. Entlang des mehr als fünf Kilometer langen Erzganges namens Bauer Morgengang bildeten sie ein Hügelland, Halde für Halde aufgereiht wie an einer Schnur.

Harry nickte und verzog sich in sein Zimmer. Als Markus, ihr Sohn, noch bei ihnen gewohnt hatte, war es das Kinderzimmer gewesen. Jetzt diente es ihm als Raum für alles Mögliche: zum

Fußballgucken an dem extra deswegen angeschafften Fernseher, zum Daddeln an seinem Computer oder auch nur, um einfach mal in Ruhe ein Bierchen zu trinken.

Er ließ sich in den Schreibtischsessel fallen und schaltete den PC an, um sein Wissen über die Haldenzüge rund um den Rudolphschacht aufzufrischen.

Der Schacht befand sich südlich der Lautaer Hauptstraße. Wo sich zwei Gänge kreuzten, hatte man ihn in die Tiefe gegraben. Als Wasserlochzeche, bis er hunderte von Jahren später zum Hauptförderschacht wurde. Feldspat, Silber und auch Uran, aber seit langem stillgelegt wie der Bergbau vor Ort überhaupt. Zu unrentabel. Stattdessen waren Attraktionen daraus geworden, vor allem für die Touristen, von denen das Erzgebirge lebte. Für die war auch die Förderanlage ein Highlight. Der restaurierte Pferdegöpel. Mit dem hatte man vor fünfzig Jahren so manches Zeug aus der Tiefe geholt, vor allem Erz und Grundwasser natürlich.

Die Nacht wälzte sich Harry im Bett umher, aber kaum graute der Morgen, stand er auf und bereitete alles für den Ausflug vor.

»Deine Tabletten«, erinnerte Elvira ihn wie üblich und stellte die Schachtel und ein Glas Wasser auf den Tisch.

Er würgte die Medizin hinunter und schüttelte sich. »Ekelhaft.«

»Nein, hilfreich«, korrigierte sie ihn.

Nach dem Frühstück brachen sie auf. Elvira in Wanderhose und dicker Jacke, Harry in Jeans und einem Pullover. Die Gummistiefel trug er im Rucksack auf dem Rücken. Außerdem hatte er zwei Stirnlampen und sein Bergeisen im Gepäck. Die Spitze war frisch gehärtet, davon hatte er sich überzeugt. Nur so konnte er mit dem Meißel das Gestein bearbeiten. Sie marschierten die Lautaer Hauptstraße entlang, und bald kam der Göpel in Sicht. Von weitem sah er wie eine Pyramide aus, nur ohne Wände. Weiter ging es zu den Hügeln, die sich über dem Erzgang Elisabeth Flachen befanden. Der war Harrys Ziel, aber zuvor galt es einen der Schächte zu finden, die in die Tiefe führten.

Es dauerte geraume Zeit, ehe seine Suche belohnt wurde. Auf seiner Stirn hatte sich mittlerweile ein Schweißfilm gebildet. Achtlos wischte er ihn mit dem Handrücken ab. »Hier gehen wir rein.« Er stieg in die Gummistiefel und setzte die Kopflampe auf.

»Ist das wirklich eine gute Idee?«, fragte Elvira.

»Was meinst du damit?«

»Du bist total nass, und außer Atem bist du auch. Bestimmt hast du dich überanstrengt.«

»Blödsinn.« Harry wartete nicht, ob Elvira folgte, sondern verschwand in der Tiefe. Das Licht seiner Lampe riss helle Flecken aus der Dunkelheit. Die Wände glänzten feucht, und einen Moment lang war ihm, als würden sie ihn erdrücken.

Elvira tauchte neben ihm auf. »Was hast du?«

»Nichts. Komm!«

Das Wasser platschte laut unter ihren Schritten. Es war kalt, und bald hatte Harry das Gefühl, seine Füße wären zu Eis erstarrt. Trotzdem ging er weiter, bis sie an eine Gittertür kamen.

»Abgeschlossen«, sagte Elvira. »Lass uns umkehren.«

Harry rüttelte an dem Eisen und trat ein paarmal dagegen, bis es nachgab und mit einem Quietschen aufschlug.

»Na bitte«, knurrte er und trat durch die Tür. In den grob behauenen Felswänden schimmerten Einschlüsse. Er riss sich den Rucksack vom Rücken und machte sich an die Arbeit. Immer wieder hämmerte er das Bergeisen in den Stein. Stück für Stück brach er heraus.

Elvira begutachtete jeden Brocken, bevor sie ihn in den Rucksack steckte. Erst als er voll war, hielt Harry inne. Sein Atem pfiff wie eine Lokomotive, und obwohl kleine Dampfwolken vor seinem Mund standen, brannte seine Haut wie Feuer.

Zu seinen Füßen kauerte Elvira und fummelte an ihren Schuhen herum. Er riss den Arm hoch, um ein letztes Mal zuzuschlagen, doch auf einmal schien ihm der Meißel schwer wie Blei zu sein. Unmöglich, jetzt noch einen gezielten Hieb auszuteilen. Dabei war sein Plan perfekt gewesen.

Kraftlos fiel sein Arm herab. Er zerrte sich den Pullover über den Kopf.

»Du wirst dich erkälten.« Elvira hatte ihm das Gesicht zugewandt. Es war weiß wie Kalk.

»Der Rudolphschacht«, japste Harry. »Da gehen wir nach oben.« Schnaufend stapfte er Elvira nach, die den Rucksack an sich genommen hatte. Ab und zu musste er stehenbleiben, um neue Kraft zu sammeln. Dann wartete sie auf ihn, bis er zu ihr aufgeschlossen hatte. Endlich kamen sie zu den Fahrten, die Sprosse für Sprosse hinauf über Tage führten. Gedämpfte Stimmen drangen herab. Vermutlich war gerade eine Führung im Gang.

»Beeil dich«, rief Elvira, die schon auf dem zweiten Leiterabschnitt war.

Harry kletterte, so schnell er konnte. Schwer rang er nach Luft. Ihm war, als wäre es plötzlich dunkler geworden. Vielleicht lag es an seiner Lampe. Er müsste die Batterien wechseln, aber der Ersatz war bei Elvira im Gepäck.

Erneut streifte ihn ein schwarzer Hauch und unwillig schüttelte er den Kopf. Es war gut, dass er das Bergeisen nicht in Elviras Kopf geschlagen hatte. Ohne ihre Hilfe wäre er vermutlich verloren. »Warte auf mich«, keuchte er.

Elvira stand etwa fünfzehn Sprossen über ihm. Sie schaute zu ihm und zerrte am Verschluss des Rucksackes herum. Genau konnte er nicht erkennen, was sie tat, aber unvermittelt raste etwas metallisch Blinkendes auf ihn zu. Ehe er reagieren konnte, traf ihn das Ding am Kopf, und er wurde nach hinten gerissen. Wie ein gefällter Baum schlug er auf dem Boden des Schachtes auf. Ein glühender Schmerz schoss durch seinen Körper. Ächzend versuchte er sich aufzurichten, doch er konnte sich nicht bewegen. Etwas Feuchtes lief ihm von der Stirn dic Schläfe hinab.

»Elvira«, krächzte er.

Gleich darauf schob sich ihr Kopf in sein Gesichtsfeld. »Mein armer Mann, lass mich mal sehen.« Sie lächelte ihn an. »Von einem Hammer getroffen und die Leiter hinabgestürzt. Dazu die fehlende Medizin für dein allzu schwaches Herz. Ich fürchte, es gibt keine Rettung mehr für dich.«

Ihr Lächeln verzerrte sich zu einer bösen Grimasse. Sie hob den Rucksack hoch genug, damit er verfolgen konnte, wie sie die Schachtel mit den Tabletten durch eine andere, gleich aussehende ersetzte.

»Warum?«, röchelte er mit letzter Kraft.

»Hast du wirklich gedacht, dass ich den Rest meines Lebens an deiner Seite versauern will? Oh nein, und deshalb habe ich deine Herztabletten gegen ein harmloses Magenmittel ausgetauscht. Ein sauberer Tod, und weißt du was? Ich hätte geduldig gewartet, bis es so weit gewesen wäre, aber du hattest ja andere Pläne. Du redest nämlich im Schlaf, Harry. Mir war klar, dass dieser Ausflug unser letzter sein würde.«

Die Wände des Schachtes begannen vor Harrys Augen zu tanzen und sich zu drehen, schneller und schneller, und dann wurde es allmählich dunkel um ihn herum. Müde schloss er die Augen. Von fern meinte er einen leisen Gesang zu hören: *Atemlos durch den Schacht*. Dann war auch das vorbei.

Damenwahl

Es war an einem Mittwoch in Las Ve-
gas, als Isabella nur aus Langeweile an
einem der neuen Spielautomaten im
Planet Play rumzockte und dabei den
Jackpot knackte. Aus heiterem Himmel
kam die Kohle über sie, die gewöhnlich
schon in der Monatsmitte pleite war
und sich von Tütensuppen oder den
Bio-Speisen ihrer Schwester Mary-Ann
ernähren musste, die auf Gesund-
heitskram stand, der grässlich aussah
und noch grässlicher schmeckte. Aber
auf einmal war Isabella reich und an-

176

lässlich des freudigen Ereignisses eine Stunde später sternhagelvoll. Der Alkohol war ungewohnt. Er machte sie unzurechnungsfähig und ließ sie quasi aus Versehen den Nachbarn zu ihrer Linken heiraten. Wie sich herausstellte, hieß er Chuck.

Als Isabella am nächsten Morgen in einem fremden Zimmer neben ihm aufwachte, verstand sie auch, wieso. Er sah aus wie Chucky, die Mörderpuppe. Die allerdings war nichts im Vergleich zu den zwei Typen, die draußen vor der Tür auf dem Fußboden kampierten und damit verhinderten, dass sie sich klammheimlich verdrücken konnte. Einer der beiden war Voldemort, dem Zauberwicht aus *Harry Potter,* wie aus dem Gesicht geschnitten. Glatze, tiefe Schweinsaugen und eine platte Nase. Echt gruslig. Zum Glück hatten es die Typen nicht auf sie abgesehen, sondern auf ihren frisch gebackenen Ehemann.

177

Nur zu gern gab Isabella ihnen den Tipp, dass Chuck noch tief und fest schlummerte und dass er es bestimmt nicht merken würde, wenn sie ihm gleich jetzt einen Besuch abstatteten.

Als Gegenleistung ließen sie Isabella laufen. Die suchte zuerst Mary-Ann auf.

»Wo warst du bloß die ganze Zeit?«, wurde sie empfangen. Schwesterchen hatte sich anscheinend Sorgen um sie gemacht. Isabella murmelte etwas und drückte ihr den letzten Dollarschein aus ihrer Hosentasche in die Hand.

»Ach du liebe Güte, Isabella.« Mary-Anns Stimme klang enttäuscht. »Du solltest dir einen netten Mann suchen.«

Die Betonung lag auf nett, und damit hatte Mary-Ann natürlich recht, denn ohne ihren jetzigen wäre Isabella mit Sicherheit besser dran.

»Weißt du was? Wir melden dich bei einer Dating-Börse an.« Beflügelt von ihrer Idee begann Mary-Ann auf der Stelle, alte Fotos von Isabella aus dem Schrank zu kramen. Isabella inmitten ihrer Cheerleadergruppe, Isabella bei einem Ferienausflug nach New York, Isabella oben ohne im Bikinihöschen.

»Komisch, dass ich auf den Bildern irgendwie viel jünger wirke«, stellte Isabella fest.

Mary-Ann kicherte verhalten. »Die Männer werden ausflippen, wenn sie die Fotos sehen.«

Gewiss, aber erst musste sie Chucky loswerden.

»Hallo, Nachbarin«, begrüßte Chucky sie, kaum dass sie seine Bude betreten hatte. Das Sprechen schien ihm ein wenig schwerzufallen, vermutlich weil ihm die zwei oberen Schneidezähne fehlten, und Isabella fragte sich, ob das die Arbeit der zwei Typen war, die am Morgen vor seiner Tür gelauert hatten.

Doch sie verbot sich, den Gedanken zu vertiefen und kam gleich zur Sache. »Erinnerst du dich, dass wir geheiratet haben?«

Chucky legte den Kopf schräg, als würde er nachdenken. »Dann bist du Olivia? Vicky? Ähm … Cindy?«

Anscheinend gehörte er zu denen, die sich den Namen ihrer Beischläferin nur merken können, wenn sie ihn sich irgendwohin tätowieren lassen.

»Ich heiße Isabella«, sagte sie.

»Egal, für mich bist du Cindy. Was willst du?«

»Dass wir diese blöde Ehe aufheben. Die Hochzeit war ein Fehler, außerdem war ich betrunken.«

»Ich mag dich, Cindy.«

WAS? Isabella glaubte, sich verhört zu haben. Bis gestern hatten Chuck und sie kaum ein Wort gewechselt, und das, obwohl sie seit vier Jahren Tür und Tür wohnten, vielleicht sogar länger, so genau wusste sie es nicht, denn bisher hatte sie sich nicht für ihn interessiert. »Du kennst mich doch gar nicht.« Sie musterte das senfgelbe Sofa, auf dem Chuck lümmelte. Es war mit Flecken übersät, von denen sie lieber nicht wissen wollte, woher sie stammten.

»Sag mal, wie ist es eigentlich dazu gekommen? Dass wir geheiratet haben, meine ich.«

Chucky grinste. Die breite Zahnlücke machte ihn nicht eben schöner. »Wir zwei Hübschen waren zur selben Zeit am selben Ort. Schicksal, oder?«

»Geht es ein bisschen präziser?«

»Na ja, du warst im *Planet Play*, und ich war im *Planet Play*. Und dann hast du den Jackpot geknackt und den ganzen Laden ausgehalten. Mich auch, aber mit mir hast du außerdem noch geknutscht.«

Isabella zog die Augenbrauen hoch. Ein Signal, das Chucky ausnahmsweise mal richtig zu deuten schien. »Was hast du bloß? Du hattest Geld, und ich war eben zu Stelle. Als dein Cinderello.« Er rülpste. »Cinderella, Cinderello. Das nenne ich Gleichberechtigung.«

»Sehr witzig. Was nun, bist du dafür, dass wir die Ehe annullieren?«

»Das geht nicht, liebste Cindy.«

»Warum denn nicht? Und ich heiße Isabella, verdammt nochmal.«

»Leider habe ich Schulden, ziemlich hohe sogar, und ich habe versprochen, dass ich sie bezahle. Das kann ich aber nur durch dich, denn ich bin blank.«

»Geh doch arbeiten.«

»Der war gut, wirklich.« Wieder ließ Chuck seine Zahnlücke sehen. »Arbeit hat noch keinen umgebracht, was? Nee lass mal, ich will kein Risiko eingehen.«

Allmählich ging er Isabella auf den Keks. »Hör mal, ich bin genauso blank wie du. Bei der Party ist das ganze Geld draufgegangen. Alles weg.«

»Dann schwing mal schnell deinen hübschen Hintern rüber ins *Planet Play*, wo die Automaten warten. Ich wette, du gewinnst nochmal.«

»Den Teufel werde ich tun.«

Chuck hievte sich vom Sofa hoch. »Okay, Cindy, ich komme mit. Als dein Glücksbringer.«

Doch diesmal räumte nicht Isabella ab, sondern Chuck. Verdattert starrte sie auf die Scheine, die er einstrich, als wäre sein Gewinn die normalste Sache der Welt.

»Wieviel?«, fragte sie schließlich.

»Hä?«

»Mein Anteil. Wir sind verheiratet.«

»Geh arbeiten, Cindy, haste selbst gesagt.« Chuck wollte sich ausschütten vor Lachen.

Wütend stieß sie den Stinkefinger in die Luft, dann ließ sie ihn stehen. In der Hosentasche hatte sie die Visitenkarte, die ihr der Voldemort-Verschnitt vom

Morgen gegeben hatte. Ein Telefonat genügte.

Am nächsten Tag hörte sie im Radio, dass man unweit des Boulevards einen Toten gefunden hatte. Sein Name war Chuck Snyder.

Zufrieden setzte sie sich mit einem Glas Orangensaft an den PC und loggte sich in das Dating-Portal ein. In der kurzen Zeit hatten sich bereits sieben Männer für sie interessiert. Einer gefiel ihr besonders gut, vor allem, weil er frisch geschieden war, wie er schrieb. Ein Secondhand-Mann, dessen Ecken und Kanten schon abgestoßen waren. Genau das Richtige für sie.

Canelottis grüner Daumen

Mona, die eigentlich Monalotta hieß,
war nicht gerade eine Schönheit. Sie
war dürr wie ein Strohhalm, und statt
der für Südländer typischen schwarzen
Haare hatte sie etwas auf dem Kopf,
was an den Flaum frisch geschlüpfter
Adlerküken erinnerte. Deshalb trug sie
meistens eine Perücke. Dazu liebte sie
weit schwingende Röcke, die an der
Taille in Falten gelegt waren und ihr
den Habitus einer Einwanderin aus
dem 19. Jahrhundert gaben. Alles in
allem war Mona eine Herausforderung

185

für jeden Männergeschmack. Doch das war ihr egal, als sie in die Wohnung der Canelottis stürmte. »Pietro, mio caro, hilf mir, ich flehe dich an.« Laut schluchzte sie auf. Das war das beste Mittel, um den Bruder rumzukriegen. Ihre Tränen hatte Pietro noch nie ertragen können.

»Setz dich!« Er drückte sie auf einen Stuhl.

Mona schlug die Hände vors Gesicht und riskierte zwischen ihren Fingern hindurch einen Blick. Auf Pietros Stirn hatten sich tiefe Falten gebildet, und um den Mund herum hatte er diesen gewissen Zug, den er immer bekam, wenn er wütend war.

Sie heulte ein bisschen lauter und wischte sich über die Augen, damit die Wimperntusche verschmierte. Tränen hinterließen nun mal Spuren.

»Was ist passiert?«, fragte Pietro. Er klang er schon nachsichtiger.

Noch ein paar leise Schluchzer, dann tastete Mona nach seiner Hand und klammerte sich daran fest.

Die Familie war dagegen gewesen, als sie zu Hauke Hansen gezogen war, ihr Bruder ganz besonders. Weil ein Fischkopp für einen Canelotti nicht in Frage kam, so hatte er mit ihr geschimpft. Wenn sich schon kein Italiener für sie fand, dann sollte es wenigstens ein Mann aus Sachsen sein, wo sie seit mehr als zwanzig Jahren lebten. Einer von der Küste passte da nicht hinein.

Sie jedoch war nicht so wählerisch. Deshalb hatte sie Hauke genommen, leider, denn jetzt gab es dieses dumme Problem.

Pietro schien etwas zu ahnen. »Geht es etwa um deine ach so große Liebe.«

»Ach, mio fratello.« Vorsorglich ließ sie noch einen Schluchzer folgen. »Am Anfang war alles so wunderbar. Hauke war lieb und verständnisvoll, wenn ich keine Lust zum Kochen hatte. Er hat sich an der Imbissbude eine Bockwurst geholt, und alles war gut. Nach sieben Tagen jedoch hatte er die Würste satt. Erst habe ich gar nicht verstanden, was er von mir wollte, es war ja kurz nach zwei ...«

Um diese Zeit lief *Rote Rosen*, ihre Lieblingsserie, aber im Grunde zappte sie sich den ganzen Tag durch die Sender. *Sturm der Liebe, In aller Freundschaft, GZSZ* und *Frauentausch* – etwas kam immer, und sie verpasste keine Folge. Nachmittags eben *Rote Rosen*, aber diesmal hatte Hauke den Fernseher einfach abgestellt, und das nur, um mit ihr zu reden.

»Er hat von mir verlangt, dass ich mich mehr um den Haushalt kümmern soll«, sagte sie und seufzte. »Kochen, putzen und das alles. Dabei wollten sich Alex und Judith gerade versöhnen.

Verstehst du? Seit vier Folgen streiten sich die zwei, und ausgerechnet in dem Moment, als alles wieder gut werden will, funkt Hauke dazwischen.«

»Ihr hattet Krach?«

Mona nickte. »Er liegt in der Küche vor dem Kühlschrank.«

»Mamma mia, soll das heißen, dass er tot ist? Hast du ihn umgebracht?«

»Hauke hat mich eben provoziert mit seinen Vorhaltungen, aber dafür habe ich nun mal keinen Nerv, das weißt du doch. Im Grunde war es Notwehr. Du unternimmst doch was, oder?«

»Si, lass mich nur machen.«

In den letzten Tagen war es wärmer geworden, und der Wetterdienst hatte Temperaturen von über dreißig Grad vorhergesagt. Wenn Hauke noch lange in der Küche lag, würde er schon bald weglaufen, allerdings nicht aus eigener Kraft, sondern dank der Fliegenmaden, die sich in seinem Körper ausbreiteten. Es gab nur eine Lösung, immerhin waren sie Sizilianer und hatten Erfahrung in solchen Dingen.

Pietro machte sich auf den Weg zu Haukes Wohnung, die in einem Haus am Stadtrand lag, in einer Gegend, in der überwiegend Senioren lebten. Er brauchte eine knappe Stunde, ehe er sie erreicht hatte, und mittlerweile war es dunkel geworden. Niemand sah ihn, als er hinter der Tür verschwand.

Wie Mona gesagt hatte, fand er den toten Hauke auf dem Küchenboden vor. Er öffnete seine Tasche mit dem Werkzeug, holte das Beil heraus und begann, die Leiche in handliche Stücke zu zerlegen. Anschließend verstaute er die Teile in der Tiefkühltruhe.

Am nächsten Tag fuhr Pietro mit den gefrorenen Haukestücken im Gepäck aufs Land. Sein Ziel war die Parzelle in der *Grünen Scholle*. Den Garten bewirtschaftete er seit fast zehn Jahren, und er hatte ihm schon mehrfach gute Dienste geleistet, knackiger Salat war ein Beispiel dafür.

Leise vor sich hin pfeifend holte er den Schredder aus dem Gerätehaus und stellte ihn neben dem Komposter auf. Dann machte er sich an die Arbeit. Stückchen für Stückchen verschwand im Schlund des Häckslers und kam als kleine Schnitzel unten wieder heraus. Sie landeten auf dem Komposthaufen, den Pietro ab und zu durchmischte. In zwei Wochen wollte er Winterrettich säen, den schwarzen, da kam der Spezialdünger gerade zur richtigen Zeit. Wie immer würden die Nachbarn staunen, dass sein Gemüse besser als das ihre gedieh. Dank seines grünen Daumens natürlich.

Stolz vor sich hinlächelnd machte er sich daran, den Häcksler zu säubern.

Ein gefährlicher Cocktail

Marianne Kümmelsmann lag auf der linken Seite des Doppelbettes und sah ziemlich erschrocken aus. Achtzig Kilo mittelältlicher Weiblichkeit, irgendwo zwischen fünfundvierzig und fünfzig. Ihre Knopfaugen waren halb geöffnet und starrten ins Leere. Der Körper war übersät mit Wunden, die von einer spitzen Waffe stammten. Einem Dolch oder einem Messer vielleicht.

Kommissarin Irina Ohlinger beugte sich über die Tote, bemüht, möglichst keine Spuren zu hinterlassen. Sie tippte

192

den starren Körper an und schob mit spitzem Zeigefinger das dünne Negligé nach oben. Leichenflecke. Irina drückte auf die Haut, die Flecke blieben. Das hier war ein Fall für die Rechtsmedizin. Obduktion, DNA-Analyse und am besten auch noch eine toxikologische Untersuchung.

Die Kollegen vom Erkennungsdienst trafen ein, in weiße Ganzkörperanzüge mit Kapuzen vermummt, die Gesichter mit Mundschutz verdeckt, die Hände in hauchdünnen Vinylhandschuhen. Ohne Verzögerung begannen sie mit der Sicherung von Spuren. Strahler sorgten für helles Licht, die Kameras klickten: die Tote frontal, von oben, rechts und links. Mit geübten Griffen zupften die Beamten Haare und Fasern vom Bett, kratzten getrocknetes Blut vom Boden und sammelten alles ein, was nicht an den Ort zu passen schien. Irina sah sich derweil im Zimmer um.

Es war ein Hotelzimmer für zwei Personen. Die dicken Vorhänge an den Fenstern waren zugezogen. Sie waren beige und hatten ein unregelmäßiges rotes Muster. Der Teppich, farblich auf die Vorhänge abgestimmt, sah ähnlich aus. Blutspritzer.

Auf dem Tisch standen zwei Gläser, eines war noch voll. Irina schnupperte daran und rümpfte die Nase. Schnaps. Sie mochte keinen Alkohol. Ihr Blick fiel auf die Packung Kondome neben dem Ascher. Sie war unversehrt. Hatte Marianne Kümmelsmann mit Besuch gerechnet? Sie musste das Personal befragen.

Hoteldirektor Hans Franz erwartete sie bereits: »So eine schlimme Sache, das mit der Frau Kümmelsmann.« Er rang um Fassung und nickte in Richtung des Stuhls vor seinem Tisch. »Gut, dass Sie da sind und alles in die Hände nehmen. Bitte setzten Sie sich doch.«

Irina nahm Platz. Sie registrierte den Blick, mit dem Franz ihre langen Beine musterte, verkniff sich ein Lächeln und fragte: »Kannten Sie die Tote? Kam sie in Begleitung ins Hotel?«

»Als ich sie bei ihrer Ankunft gestern begrüßt habe, war sie allein. Doch das will nichts heißen, ich weiß ja gar nichts über die Frau.«

»Sie haben sie begrüßt?«

»Das tue ich immer, bei allen Gästen. Als einen besonderen Kundenservice und um mich abzuheben von der lieben Konkurrenz, nicht wahr?«

»Wie wirkte Frau Kümmelsmann auf Sie? Ist Ihnen etwas aufgefallen?«

»Wie sie wirkte?« Franz überlegte ein Weilchen, ehe er antwortete: »Nett und höflich und vielleicht ein wenig wie ein Kind zu Weihnachten.«

»Das heißt?«

»Als würde sie sich auf etwas freuen und könnte es kaum erwarten, nicht wahr? Das freudige Ereignis. Äh, ich meine …« Röte breitete sich auf dem Gesicht des Hoteldirektors aus.

»Hat sie etwas erwähnt?«

»Vor mir nicht, aber vielleicht weiß Beate mehr, unsere Dame am Empfang, will sagen, die Shiftleaderin. Man muss mit der Zeit gehen, global sein, nicht wahr?«

Irina kniff sich in den Handballen. Wenn dieser Mensch noch einmal *nicht wahr* sagte, würde sie anfangen zu schreien.

»Beate hatte die Nachtschicht, sie ist noch da, denn bisher durfte ja niemand das Hotel verlassen.« Direktor Franz guckte ganz vorwurfsvoll, erst in Irinas Gesicht, dann auf ihre verkrampften Hände.

Schnell löste Irina ihre Finger, deren Nägel halbrunde Eindrücke im Fleisch hinterlassen hatten, und zog ein Notizbuch aus der Tasche. »Ich brauche die

Namen sowie die Funktionen von den Angestellten, die innerhalb der letzten vierundzwanzig Stunden im Dienst waren.«

Eine Stunde später enthielt ihr Buch jede Menge Personen. Sie bedankte sich bei Franz und suchte als erstes Beate auf, die jedoch auch nicht mehr als Franz über die Tote wusste. Als sie auf die Bar neben der Lobby zusteuerte, kam ihr ein Mann entgegen.

»Carlo? Du? Hier?« Sofort waren die Gefühle wieder da und mit ihnen die Erinnerungen an die heißen Nächte der Jugendzeit und auch an Carlos Schwüre. Damals waren sie ein Paar gewesen, fast ein ganzes Jahr lang. Bis sie nach der Schule die Stadt verlassen hatte, um an der Humboldt-Universität in Berlin Kriminalistik zu studieren, während Carlo für eine Gastronomieaus-ausbildung ins Ausland ging. Ihre Liebe hatte die Trennung nicht überstanstanden, auch wenn Irina oft an Carlo gedacht hatte. Nun stand er plötzlich vor ihr.

»Mein Gott, Irina. Wie lange ist das her?« Flüchtig berührte er ihre Wange, und sofort begann ihr Herz zu rasen.

»Was treibst du hier?« Sie merkte selbst, wie belegt ihre Stimme plötzlich klang, und sie räusperte sich. Zum Glück schien Carlo nichts bemerkt zu haben, denn er erklärte mit vielen Worten, warum er in der Stadt war. Immerhin hörte sie heraus, dass er bei einem Barkeeper-Wettbewerb antreten wollte, dem sogenannten Wodka-Cup.

»Wer hier gewinnt, hat das große Los gezogen, nämlich die Qualifikation für die Weltmeisterschaft«, endete er.

Wie es aussah, hatte sich Carlo nicht geändert. Schon früher wollte er sich ständig beweisen.

»Du mixt einen Drink? Was soll daran so besonders sein?«, fragte Irina.

Offensichtlich hatte sie damit Carlo gekränkt, er guckte, als hätte er in eine Zitrone gebissen. »Es ist ein Signature-Drink, eine Eigenkreation, die ganz neu ist. Das Rezept ist geheim, erst während des Wettbewerbs gibt man die Zutaten bekannt. Bis dahin wissen weder die Jury noch die übrigen Teilnehmer, was sie erwartet. Nur heute Morgen …« Carlo zögerte.

Irina war lange genug Polizistin, um nicht hellhörig zu werden. »Heute früh war etwas anders?«

»Na ja, mir hat jemand sein Rezept angeboten, mein Geschäftspartner Nils Grützelein. Weil er über Nacht eine bessere Idee gehabt hat, wie er meinte. Dabei wirkte er durcheinander.« Carlo legte den Arm um Irinas Schultern. »Aber das hat nichts mit uns zu tun. Komm, wir trinken auf unser Treffen.«

Irina machte sich frei. »Später, ich muss arbeiten, der Mord …«

»Natürlich, Miss Marple.« Carlo zog sie an sich, und plötzlich war ihr Herzklopfen wieder da. »Wir sehen uns später in der Bar«, stieß sie hervor.

»Ich habe einen besseren Vorschlag. Wenn du fertig bist, komm zu mir. Ich habe mir hier ein Zimmer genommen, Nummer vierundvierzig.«

»Neben Marianne Kümmelsmann?«

»Tja, wenn ich gewusst hätte, dass in meiner Nachbarschaft eine Leiche liegt, hätte ich auf einem anderen Raum bestanden.«

»Schon gut, ich bin wohl überreizt.« Das musste an Carlos Nähe liegen.

Carlo lächelte. »Dein Temperament - wie früher.«

Die Befragung der Hotelgäste zog sich bis in die späten Abendstunden hin. Als das letzte Protokoll geschrieben war, lehnte sich Irina erschöpft zurück. Sie sehnte sich nach einem heißen Bad und Ruhe. Die nächsten Tage würden nicht minder anstrengend werden, sie brauchte Kraft.

Der Hoteldirektor hatte ihr im dritten Stock ein geräumiges Zimmer angeboten. Als Notquartier, wie er meinte. Als Irina in der Wanne lag, ließ sie den Tag Revue passieren. Jemand hatte eine Frau ermordet und das in einem ausgebuchten Hotel, unter den Augen vieler Menschen sozusagen, und trotzdem wollte niemand etwas bemerkt haben. Hatte sie die falschen Fragen gestellt? Details übersehen?

Carlo, er musste ihr helfen. Vielleicht hatte er Dinge mitbekommen, die ihm bedeutungslos erschienen, für den Fall aber wichtig waren. Am besten, sie sprach nochmals mit ihm, jetzt gleich. Auf einmal war ihre Müdigkeit weg.

Kaum hatte sie an Carlos Zimmertür geklopft, öffnete er und lächelte sie an. In seinen Augen stand ein Funkeln. Sie kannte es genau, es war gefährlich und trieb ihr die Hitze ins Gesicht. Dann war er bei ihr, ganz nah, und zog sie an sich. Durch den Stoff ihrer Bluse spürte sie seine Muskeln, ein Schauern lief über ihre Haut, aber als er sie küssen wollte, kam sie zur Besinnung und sie machte sich von ihm frei. »Deswegen bin ich nicht hier.«

»Weswegen dann?« Carlos Stimme war rau.

»Bitte, denke nochmal an die gestrige Nacht! Versuch dich zu erinnern. Hast du etwas von nebenan durch die Wand gehört? Stimmen, Geräusche?«

»Nichts von alledem. Ich hatte wahnsinnige Kopfschmerzen, daher habe ich mir eine Tablette genehmigt und bin zeitig ins Bett gegangen. Allein.«

Carlo griff nach ihr, doch sie wich ihm aus. »Du hast nichts gesehen?«

»Nein. Aber frag doch mal Nils. Ich glaube, er kannte die Frau.«

Laut Obduktionsbericht war Marianne Kümmelsmann kurz nach Mitternacht gestorben. Sieben Stiche in den Rumpf, einer in die Lunge, zwei in die linke Herzkammervorwand und zudem ein Magendurchstich hatten für enormen Blutverlust gesorgt. Die tiefen Wunden deuteten darauf hin, dass sie von einem spitzen Gegenstand stammten, geführt mit links. Unabhängig davon hatte die Tote mehr als zwei Promille im Blut und noch ein bisschen mehr im Urin. Eine mögliche Erklärung, warum sie sich nicht gegen ihren Mörder wehren konnte: Sie war zu betrunken gewesen. Durch weitere Laboruntersuchungen hatten die Kriminalbiologen die alkoholhaltigen Drinks identifiziert, die die Tote zu sich genommen hatte: Calvados, Gin und Apricot Brandy. Plötzlich hatte Irina eine Idee.

Am Abend saß sie im Zuschauerbereich der Bar und verfolgte gespannt den Ablauf des Wettbewerbs. Sorgfältig notierte sie die Zutaten, aus denen die Keeper ihre Kreationen mixten. Endlich war Nils Grützelein an der Reihe. Den Shaker in der rechten Hand, die Flasche in der linken, verkündete er, woraus sein Cocktail bestand: sechs Zentiliter Calvados, dazu zwei Zentiliter Gin, Saft von einer Limette und ein paar Spritzer Apricot Brandy.

Die Jury und die anderen Teilnehmer waren entsetzt, als sie Nils Grützelein abführen ließ. Auch Carlo war sichtlich bewegt. Regelrecht erschüttert war er jedoch, als er erfuhr, was Grützelein ausgesagt hatte. Nicht er hätte Carlo das Rezept angeboten, sondern umgedreht. Daher wollte Nils in der Bar seinen, Carlos, Signature-Drink gemixt haben.

»Du traust mir zu, dass ich dich angelogen habe?«, wollte Carlo von Irina wissen, als sie ihn dazu befragte.

»Das Rezept, Carlo«, drängte Irina. »Hast du es deinem Partner gegeben?«

»Wie sollte ich, es wäre gegen die Ehre jedes Keepers. Umso mehr habe ich mich ja gewundert, dass er mir gestern … ich hatte dir doch davon erzählt.« Trauer stand in Carlos Augen.

»Gewiss, ich musste dich trotzdem fragen.« Irina schämte sich. Wie hatte sie an ihrer Jugendliebe zweifeln können. »Verzeih mir«, hauchte sie.

Carlo schloss sie in die Arme, und sie lächelte erleichtert. Wenn sie seine Gedanken geahnt hätte, wäre ihr das Lachen jedoch schnell vergangen. Carlo dachte an den Eispickel, den er im trüben Wasser der Elbe versenkt hatte. Es war kein großer Verlust, er besaß noch andere, eine ganze Sammlung. Für jede Frau, die ihm lästig wurde, hatte er den passenden. Ob darunter auch einer auf Irina wartete, würde sich noch zeigen.

Achtung Kurschatten

»Gleich nach dem Abendessen will sie hier sein«, sagte Artur. Er schaute nicht auf, sondern säbelte an dem Schnitzel auf seinem Teller herum.

Viola stützte die Ellenbogen auf den Tisch und verschränkte die Finger. Die *sie* war Arturs Frau. Iris. Die Liebe war längst flöten gegangen, wie er Viola in der zweiten Kurwoche gestanden hatte. Das war an dem Abend gewesen, an dem sie ihm das erste Mal aufs Zimmer gefolgt war. Bei Artur war ihr das leicht gefallen. Ob sie beim Sex das Licht anließ oder ausmachte, entschied in erster

Linie der Mann, und zwar allein durch sein Aussehen. Artur war groß und trug sein volles gewelltes Haar nach hinten gekämmt. Und er hatte das, was ihr letzter Liebhaber nicht gehabt hatte, nämlich Taille.

»Sagst du Iris, dass du dich von ihr trennst?«, fragte sie leise.

Artur hob die Schultern. »Zwanzig Jahre Ehe, das wirft man nicht so leicht weg.«

Viola zuckte zusammen. Sie hatte so gehofft, dass Artur ganz anders wäre, die berühmte Ausnahme eben. Gegen eine Notlüge gab es nichts zu sagen. Sie fand, die waren in guten Beziehungen erlaubt. Um den anderen nicht zu verletzen, natürlich. Sowas wie *Ich bin nicht hinter deinem Geld her* oder *Es kommt nicht auf die Größe an.* Bei Artur aber hatte sie das nicht nötig gehabt.

Sie griff nach seiner Hand. »Du hast gesagt, du liebst Iris nicht mehr.«

»Klar, und es stimmt auch, dass ich gern mit dir zusammen bin, und wenn Iris nicht wäre … wer weiß?«

Sicher, dachte Viola bitter. Die Worte hörte sie nicht zum ersten Mal, es gab sie in unzähligen Varianten, die Botschaft jedoch war immer dieselbe. Sie schaute sich nach der Bedienung um. »Jetzt ist mir nach einem Schnaps.«

»Du weißt doch, dass wir während der Kur nichts Hartes trinken dürfen«, murmelte Artur. »Nimm lieber Wasser oder eine Milch.«

Viola rümpfte die Nase. Artur hatte gut reden. Die Freiheit von Iris konnte sie ihm nicht kaufen, Alkohol schon. Der löste das Problem zwar nicht, aber das taten Wasser oder Milch schließlich auch nicht. Nach dem ersten Schnaps kippte sie ein zweites Glas und nach kurzer Überlegung auch ein drittes. Als sie aufstand, schwankte sie ein bisschen, doch sie schaffte es, das Lokal zu verlassen, ohne irgendwo anzustoßen oder sich nach Artur umzusehen.

Auf der Kurpromenade von Heringsdorf wehte eine steife Brise. Viola musste sich gegen den Wind stemmen, um vorwärtszukommen. Dunkle Wolken hingen über dem Horizont. Verlassen lag die tagsüber gut besuchte Seebrücke inmitten der Wellen, und plötzlich wollte Viola nur noch allein sein. Sie betrat die hölzernen Planken. Der Wind griff nach ihr, zog an ihren halblangen Locken und blähte die Ärmel ihre Jacke. Sie stülpte die Kapuze über den Kopf und schloss den Reißverschluss bis zum Kinn. Mühsam hangelte sie sich an dem Geländer entlang, vorbei am Turm der Wasserwacht des DRK und weiter bis zu dem Glaszylinder, der von Metallgittern umringt war, an denen unzählige Liebesschlösser hingen. Auch Artur und sie hatten sich hier verewigt, da hatte sie noch an ein gemeinsames Leben mit ihm geglaubt. Viola presste die Lippen zusammen und stolperte weiter, die ganze Seebrücke entlang, mehr als 500 Meter. An der Spitze befand sich ein italienisches Restaurant. Sie wollte es umrunden, da stutzte sie. Links neben dem Brückensteg stand eine einsame Gestalt. Über den Handlauf gelehnt starrte sie in die Wellen, dorthin, wo noch einige Pfähle der abgebrannten Kaiser-Wilhelm-Brücke aus der Ostsee ragten, umspült von weißer Gischt. Im Näherkommen erkannte Viola, wer dort stand.

Iris, die Frau, die ihrem Glück mit Artur im Wege war, und auf einmal wusste sie, was sie zu tun hatte. Zwei, drei schnelle Schritte, dann war sie bei ihr und bückte sich. Ein Griff um die Knöchel der Frau, ein Ruck nach oben. Verdammt, Iris war schwerer als sie gedacht hatte. Viola riss und ruckte und stemmte Iris schließlich wütend Zentimeter für Zentimeter in die Höhe.

Die wehrte sich. »Was soll das? Lassen Sie mich gefälligst los!« Iris klammerte sich an dem Geländer fest und schrie um Hilfe. Der Wind riss ihr die Worte von den Lippen, sie waren kaum zu hören und doch musste sie jemand vernommen haben.

Aus den Augenwinkeln sah Viola einen Mann heranstürmen. Artur. Sie mobilisierte ihre letzten Kräfte, bis es ihr gelang, Iris in die See zu kippen. Da war Artur auch schon heran, stieß Viola zur Seite und sprang seiner Frau hinterher.

Am nächsten Tag hatte sich der Sturm gelegt. Zwei Leichen wurden an Land gespült, ein Ehepaar, wie sich schnell herausstellte.

»Sehr tragisch, aber manche Leute sind eben viel zu leichtsinnig«, sagte

Viola und lächelte dem Mann zu, an dessen Tisch sie Platz genommen hatte. Er hieß Gerd und war gerade erst angekommen. Vor ihm lagen vier lange Wochen, und es bestand Aussicht, dass er seine Kur in Heringsdorf verlängern konnte. Genug Zeit, um herauszufinden, ob es diesmal der perfekte Mann für sie war.

O du fröhliche...

Die Türglocke schellte laut, und Wolf
wischte sich ein letztes Mal die Hände
ab. *Bleib ruhig, Junge*, ermahnte er sich
und wusste zugleich, dass der Appell
nicht half. Warum nur hatte er Wiebkes
Familie eingeladen, noch dazu zum
Weihnachtsessen? Andererseits wurde
es allmählich Zeit, dass er die künftigen
Schwiegereltern kennenlernte.

Wieder klingelte es, diesmal klang es
ungeduldig. Schnell drückte Wolf die
Play-Taste am CD-Spieler, in dem die

Weihnachtslieder warteten. Dann eilte er zur Eingangstür und riss sie auf.

»Moin, ich bin Brigitta Rasmussen, Wiebkes Mutter. Sie können Gitta zu mir sagen.« Die rundliche Dame mit den lilaroten Locken auf dem Kopf ignorierte seine ausgestreckte Hand und marschierte schnurstracks an ihm vorbei. Ein dürrer Mann mit Zigarette im Mundwinkel folgte ihr auf dem Fuße, murmelte etwas, das wie *Ralle* klang und paffte dabei Wolf eine dicke Nikotinwolke ins Gesicht.

Wolf lächelte gequält. »Kommen Sie rein, zum Wohnzimmer geht es direkt geradeaus.«

Ehe er Gitta und Ralle folgen konnte, schob sich ein weiteres Pärchen an ihm vorbei, im Schlepptau einen mürrisch dreinblickenden Knaben von vierzehn Jahren.

»Netti und Knud«, zwitscherte die Frau voller Fröhlichkeit. »Wiebke ist unsere Nichte, und das ist Torben, unser Lütter.«

Der Sohnemann tippte in Zeitlupe mit zwei Fingern an das Schild seines Basecaps, fischte einen glitschigen Kaugummi aus seinen Zähnen und drückte ihn Wolf in die Hand. Dann schlurfte er seinen Eltern hinterher.

Wolf warf die Wohnungstür ins Schloss und spurtete ihnen nach. Den Kaugummi platzierte er derweil im Taschentuch. »Freut mich, dass Sie gekommen sind«, sagte er und schob den Barwagen an den Tisch. »Ich dachte, wir stoßen gemeinsam …«

Er kam nicht dazu, den Satz zu beenden. Tante Netti hatte bereits die Champagnerflasche aus dem Kühler gezogen und war dabei, die Gläser zu füllen. »Schau Gitta, Blubberwasser. Der Junge weiß, was sich gehört.«

»Kohlensäure legt sich bei mir auf den Magen.« Gitta hielt die Hand über ihr Glas, so dass der Champagner auf den Tisch schwappte.

Wolf rannte los, um schnell ein Wischtuch zu holen. Den Scheuerlappen griff er sich gleich mit, denn das Parkett und die Tischplatte aus edlem Holz nahmen Nässe übel.

»Ich will aber Cola«, murrte Torben, während Wolf die Champagnerflecken beseitigte.

»Cola macht dick.« Gitta grinste.

Torben bedachte sie mit einem bösen Blick. »Du musst es ja wissen.« Und dann zu Wolf: »Was nun, kriege ich meine Coke?«

»Tut mir leid, aber ich habe keine im Haus.«

Der Knabe zog sich mufflig in die Sofaecke zurück und nahm die Füße hoch.

Besorgt beobachtete Wolf, wie die weißen Bezüge der Kissen unschöne Flecken bekamen.

»Bei Ihnen ist es ganz und gar nicht piefig, Sie haben Geschmack«, ließ sich Netti vernehmen und leerte ihr drittes Glas.

Hatte Wiebke ihn etwa als Spießer dargestellt, oder warum kam Netti auf die Idee, dass er engstirnig sei?

»Wo ist die Wiebke überhaupt?«, nuschelte Ralle und zog an seinem Glimmstengel, als wäre er glatt am Verdursten. Vermutlich war er das tatsächlich, denn Tante Netti hatte anscheinend beschlossen, den Sekt alleine zu trinken.

»Wiebke wollte noch was besorgen, aber sie muss jeden Moment kommen«, sagte Wolf und angelte den Aschenbecher aus dem Wohnzimmerschrank, gerade noch rechtzeitig, um mit ihm den Stummel von Ralles Zigarette aufzufangen, bevor der auf den Boden fiel und ein Loch in das Parkett brennen konnte.

»Geiles Teil«, krähte Torben, der die Stereoanlage entdeckt hatte. Der CD-Player dudelte *O du fröhliche*.

»Ich hoffe, unser Fräulein Tochter versetzt uns nicht.« Die Falten um Ralles Mund sackten in Richtung Kinn.

Torben bearbeitete die Knöpfe der Musikanlage.

»Sei bitte vorsichtig damit, okay?«, bat Wolf. Ohrenbetäubender Lärm antwortete ihm, denn Torben hatte inzwischen seinen Lieblingssender entdeckt und den Lautstärkeregler bis zum Anschlag aufgedreht.

Knud, der bis dahin still am Fenster gestanden hatte und wohl überlegte, ob er sich von seiner saufenden Netti trennen sollte, machte einen Satz auf den Bengel zu und verpasste ihm eine Kopfnuss.

Torben heulte auf, doch immerhin schaltete er das Radio aus. Wohltuende Ruhe machte sich breit.

Wolf hätte Knud für seinen Einsatz beinahe umarmt, da wurde er durch ein Fiepen abgelenkt. Es kam geradewegs aus Gittas riesiger Handtasche.

Gitta öffnete den Verschluss, und ein Fellbündel kam zum Vorschein, das sich als Mischung aus einem Mops und aus einem Kleinpudel entpuppte. Behände sprang es aus der Tasche, um gleich darauf an den Weihnachtsbaum zu pinkeln. Zum Glück hatte Wolf noch den Lappen dabei und konnte die Pfütze sofort aufwischen.

»Geben Sie mir ein Lübzer Pils. Und wann kommt der Gänsebraten? Ich bin hungrig«, nörgelte Knud und erstickte damit die Sympathie, die ihm Wolf bis dahin entgegengebracht hatte.

»Das Essen kann warten, wie wäre es mit Nachschub?« Netti warf ihm die leere Champagnerflasche zu.

Eilig ließ Wolf den Scheuerlappen fallen, riss die Arme hoch und fing gerade noch rechtzeitig die Flasche auf, ehe sie in das Glasteil des Schrankes knallen konnte.

»Ich habe aber *jetzt* Hunger«, knurrte Knud. »Wenn ich Weihnachten schon nicht zu Hause essen kann, will ich es wenigstens so schnell wie möglich hinter mich bringen.«

»Stimmt. Lass uns den Scheiß-Braten abhaken und nichts wie raus. Meine Sportsendung wartet«, ließ sich Ralle vernehmen und steckte sich eine neue Zigarette zwischen die gelben Zähne.

»Vergiss den Schietsport, heute ist Weihnachten«, zischte Gitta, die tapfer versuchte, ihr Hundetier mithilfe der Trüffelpralinen, eine Weihnachtsgabe von Wolfs Mutter, hinweg vom Baum zu locken.

Eine Mühe, die vergebens war. Der Kleine war vollkonzentriert dabei, eine Kugel nach der anderen von den Zweigen zu zupfen.

»Wenn ich keine Cola kriege, kann er das doofe Essen vergessen«, maulte Torben.

»Nichts da, mein Junge. Wegen dem Essen sind wir schließlich hier.« Netti zwinkerte Wolf schelmisch zu. Mit einigem Schrecken gewahrte er, dass sie dabei die oberen Knöpfe ihrer Bluse öffnete und anscheinend auch nicht vorhatte, damit aufzuhören. Als sie beim dritten Knopf angelangt war, schaute er schnell weg und fragte sich, ob er den Gästen sagen solle, dass statt einer Gans Fisch auf dem Speiseplan stand.

Ralle hüllte sich in eine Rauchwolke. »Wieso lässt Wiebke uns eigentlich mit Ihnen allein?«

»Damit wir uns ganz ungezwungen kennenlernen«, sagte Wolf. Er hatte es sarkastisch gemeint, doch das schienen seine Gäste nicht zu merken. Plötzlich nahm er aus den Augenwinkeln eine

Bewegung wahr und fuhr herum. Zu spät. Der Sektkorken, mit dem Torben auf den Hundehintern gezielt hatte, katapultierte durch die Luft und traf sein Ziel. Der Hund heulte auf und war mit einem Satz auf dem Baum. Der Baum kippte, Wolf sprang hinzu, verhakte sich mit dem neuen Pullover in einem Zweig und spürte, wie der Ärmel riss, doch wenigstens konnte er den Baum am Umfallen hindern. Noch bevor er sich darüber freuen konnte, sauste das kläffende Knäuel an ihm vorbei über das Sofa und landete auf dem Schrank.

Alle schrien wild durcheinander, nur Tante Netti war damit beschäftigt, an ihrem Ausschnitt herumzutüdeln.

Wolf hastete in die Küche, wo statt der Gans der Schellfisch schmorte, den er extra in Stralsund besorgt hatte. Mit fahrigen Händen hob er die Filets aus der Pfanne und schichtete sie auf eine

Platte. Sein Blick fiel auf die Schachtel, die neben dem Herd auf der Arbeitsfläche lag. Wiebkes Schlaftabletten. Er riss die Packung auf und zermalmte den Inhalt zu einem feinen Pulver, das er in die Senfsoße quirlte.

Als Gitta und Ralle, Netti und Knud samt Torben nach dem Essen leblos in den Kissen lagen, wurde ihm bewusst, was er getan hatte. Entsetzt starrte er auf die Körper. Er, der keiner Fliege etwas zu Leide tun konnte, war zum Mörder geworden. Ein Klopfen an der Eingangstür ließ ihn herumfahren. Das musste die Polizei sein. Wie hatte die bloß so schnell davon erfahren? Ein Blick zur Tür, zum Fenster und wieder zurück. Er saß in der Falle. Das Klopfen wurde lauter und lauter und endete schließlich in einem Dröhnen, von dem sein Kopf zu platzen schien. Gequält schrie er auf. Er schreckte hoch und schaute sich verständnislos um.

»Du hast geträumt.« Wiebke strich ihm übers Haar. »Übrigens, Mama hat soeben angerufen. Der Hund hat ihre Diätpillen gefressen. Sie hat ihn in die Tierklinik gebracht, vielleicht kann er gerettet werden. Du musst verstehen, dass sie uns gerade jetzt nicht besuchen können.«

Erleichterung durchflutete ihn, laut atmete er auf, doch Wiebke musste ihn missverstanden haben. »Mein Liebling, du musst nicht so traurig sein, denn ich habe meine Familie zur Silvesterfeier eingeladen. Alle haben zugesagt. Das wird eine wunderschöne Feier.«

»Ganz bestimmt«, seufzte Wolf und beschloss, gleich morgen eine Reise zu buchen, nur für Wiebke und sich allein. Irgendwohin. Hauptsache, weit weg.

In der Kürze liegt die Würze

 Feuchtes Grab

Mit großem Geschick
brach er ihr Genick.
Warf sie ihn den See.
O weh.

 **Der Unfall**

Ein Rumpeln und dann
plumpst ein Fels auf 'nen Mann.
Ein Arm guckt noch raus.
Aus.

Pilzgericht

Bald fand sie ihn Scheiße
und kocht ihm 'ne Speise.
Pilze mit Ei.
Vorbei.

Selbst ist die Frau

Sie plante im Stillen,
gab viel von den Pillen,
in sein Bier und ins Brot.
Tot.

Fenstersturz

Er hasste ihr Singen
und zwang sie zum Springen.
Sie fiel runter wie Matsch.
Klatsch.

Geknackter Schädel

Er griff nach dem Hammer
und schlug ihr – oh Jammer
direkt auf den Kopf.
Klopf.

Von unten betrachtet

Er grub ihr ein Grab
und stieß sie hinab.
Sie sah nur noch Erde.
Merde.

Gartenarbeit

Sie wollt', dass er geht
und wählte ein Beet,
in dem war schon ein Loch.
Och.

Giftcocktail

Mit Arsen im Blut
war sein Fahrstil voll Mut.
Bis sein Kopf traf Beton.
Klong.

Heimwerkerunfall

Sie will ihn beerben,
verpasst dem Dach Kerben.
Das bricht mit 'nem Krach.
Ach.

Der Mann im Haus

Meckern machte ihn krank,
er steckt sie in den Schrank.
Dann verkauft er die Truhe.
Ruhe.

Frische Brötchen

Zerkleinert voll Zorn
mischt sie ihn unters Korn.
Das bringt sie zum Bäcker.
Lecker.

Ausgejammert

Er konnt' ihre Klagen
nicht länger ertragen.
Das Beil traf ihr Kinn.
Dahin.

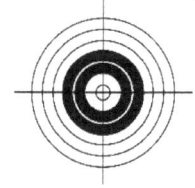

Waidmannsheil

Er ging auf die Pirsch,
das machte sie wirsch.
Dann fiel ihr Schuss.
Schluss.

Polterabend

Er wollt' sie verlassen,
sie warf nach ihm Tassen.
Dazu noch ein Blech.
Pech.

Das Mittagsmahl

Sie brachte ihm Fisch
mit Gift auf den Tisch.
Tot fiel er um.
Bumm.

Einige Geschichten wurden bereits anderweitig
veröffentlicht. Für vorliegende Sammlung wurden
sie überarbeitet:

Hunger in Wien morbid, Hrsg. U. Schimunek/U.
Voehl/G. Zäuner, Leipzig, Lyschatz Verlag, 2021
Der Problemlöser als Der Wegbereiter in Mords-
Sachsen 4, Hrsg. C. Puhlfürst/M. Ulbrich,
Meßkirch, Gmeiner Verlag, 2010
Bambi muss sterben in Mordsmärchen, Hrsg.
Andreas M. Sturm, Mülheim/Ruhr, Ruhrkrimi
Verlag, 2021
Kochen mit Jochen in Dein.mein.Tot, Hrsg. S.
tannhäuser/E. Scheffler, Zwickau, Buchvolk
Verlag, 2021
Das Spiel in Mords-Sagen, A. Hartmann/C.
Puhlfürst, Zwickau, Buchvolk Verlag, 2012
Atemlos durch den Schacht in Schatten über dem
Erzgebirge, Marienberg, 2020
Oh du fröhliche in Weihnachtsgeschichten aus
Sachsen, E. Scheffler/S. Tannhäuser, Gudensberg-
Gleichen, Wartberg Verlag, 2016